今宵殺し屋とキスを

Yuu Hizaki
火崎勇

CHARADE BUNKO

Illustration

黒田屑

CONTENTS

今宵殺し屋とキスを ―――― 7

あとがき ―――― 221

腕の時計を見て、俺は小さくため息をついた。

もう十一時、やっぱりウチの会社ってブラックなのかな。

でもまあ、給料は遅れることなくちゃんと支払ってくれるし、一応正社員として雇ってもらってるし、繁忙期が終わればもう少しゆっくりできるだろうから、グレイ程度かな？

にしても、ここのところの残業はキツイ。

官公庁の孫請けの下請け。書類のデジタル化に合わせて毎日紙の書類をパソコンで打ち込むだけの単純作業を朝から晩まで。

今請け負ってる省庁の分が終わったら、次のが入るまではきっと暇になるだろう。

有力者のネットワークに係わり合うのは危険だが、孫請けのさらにその下なら関係はないだろう。

家賃が安いからと選んだアパートは、駅から二十分歩く。

いつもなら車通りを歩いてゆくのだが、今日はとても疲れた。

少しでも癒しになるかな、と大きな公園を突っ切ってゆくことにした。

街灯の少ない薄暗がり。以前は幾つもの明かりが点《つ》いていたのだが、子供達がスケートボードをやりに来るようになって騒音問題が起こり、灯《とも》す明かりの数を減らしたそうだ。お陰で女性はこちらを通ることを避け、すっかり人通りが絶えてしまった。

だが自分にとっては誰もいない場所を歩くのは嫌いじゃない。

入口の柵に申し訳程度にかかっているプラスチックの黄色いチェーンを跨《また》いで、奥へ踏み込んだ。

この公園は、旧ナントカ邸があったとかで、敷地面積が広い。既にその邸宅は取り壊されて跡形もないけれど。

入口近くには明るく照らされた公衆トイレと、夜は無人になる管理事務所。そこを抜けると一気に薄暗くなる。

朝にはジョギングの人が走る、整備されたコンクリ打ちの通路の両側は植え込み。

左手には池があり、春にはほとりの桜が見事らしい。引っ越してきたのが夏だったので見たことはないけれど。

今は十一月だから、桜を見られるまではまだ数カ月が必要だろう。

右手には金網に囲まれたテニスコート。ナイター設備もあるけれど、流石にこの時間は真っ暗。

公園の中央部分には木々に囲まれた広場がある。雨ざらしのベンチとテーブルは、やはり桜の頃になると花見客が使う。日曜には小さい子供を連れた母親のグループがランチをしている姿も見かけたことがあった。

そこを突っ切ってゆくと反対側の小さな出口に続く小道に出る。その出口から出れば俺のアパートはもうすぐそこだ。

こんなに広い土地が公園として使用されているのは、やっぱり駅から遠くて不便だからだろう。

駅近だったら絶対マンションにでもなっていただろうな。

そんなことを考えながら中央広場に向かうと、人声がした。

あれ？　誰かいる？

俺は足を止めて耳を澄ませた。

小声だから会話の内容まではよく聞こえないが、男同士の会話のようだ。

「ばかばかしい！」

突然、大きな声が響く。

んー……、マズイな。ケンカみたいだ。

俺は広場の中央を通らず、その外周の小道を回ることにした。こんなところでケンカに巻き込まれるのは御免だ。

近づいてゆくと、会話が聞こえてくる。

「まあまあ、そんなに興奮しないで。大きな声を出されるとご近所迷惑ですから」

「そんなものは儂《わし》には関係ない」

「ですよねー、シャチョーさんワンマンで有名ですもん」

片方の人は冷静みたいだけど、もう片方の人は激高《げっこう》しているようだ。

社長さんと呼ばれてるってことは、仕事か何かの話かな？

周囲の人に聞かれないように、公園の真ん中で会議をするというのは聞いたことがある。

これもそういうことなんだろう。

となれば人に聞かれたくない話をしてるのだろうから、気づかれない方がいいな。

「儂は蓑田《みのだ》の土地について有益な情報があるというから一人で来てやったんだぞ！　くだらん御託を並べるならお前には用はない」

「あなたに用は無くても、俺にはあるんですけどね」

「フン、ではもっと有意義なネタを……、ぎっ！」

変な声。

終に殴り合いにでもなったか？　だとしたら警察に通報した方がいいかも。状況を確認するために植え込みから広場を覗くと、暗くてよく見えないがテーブルの上に大柄な男が突っ伏しているのがわかった。

その正面に、真っ黒な服を着た人物が座っている。

黒い男はゆっくりと立ち上がり、テーブルを回って突っ伏してる男に近づいた。

「あなたみたいな人は好きですよ、社長さん。あなたほどの悪人だと良心の呵責《かしやく》もない」

そして男の首元から何かを取り上げた。

僅《わず》かな光が一瞬それに反射する。

それは細い銀のナイフだった。

え……？　ナイフ？

机に突っ伏したままの男が僅かに動く。

「あれ？　まだ生きてる？　流石にしぶといですねぇ。やっぱり頸動脈《けいどうみやく》一発とはいかないか」

生きてる？　頸動脈？

「じゃ、今楽にしてあげますね」

黒い男はナイフを逆手に持ち直すと、男の足の付け根辺りを刺した。

「大腿動脈も出血が酷いんですよ。心臓を狙うより、太い血管を狙う方が効率が……」

さつ……じん……？

人殺し？

ざわり、と全身に不快感が走る。

事実を認識した途端、恐怖に襲われ力が抜けてその場にへタり込んでしまった。人が人を殺すなんて。

いや、ヘタり込んでる場合じゃない。逃げなきゃ。

目撃者がいるとわかったら絶対殺される。俺はこんなところで死ぬために今まで頑張ってきたわけじゃない。

俺は天寿をまっとうすると決めたんだ。

足に力が入らないので、俺は仕方なく這いつくばりながらその場を離れ……ようとしたのだが、数歩進んだ目の前には足があった。

「腰、抜けちゃった?」

気の抜けるような陽気な声。

顔を上げようとすると、頭上から声が降った。

「ああ、顔上げると生き延びる確率が減るよ?」

顔を見るな、ということか。

俺は言われた通り顔を上げるのを止めた。なので目に入るのは黒い靴とズボンだけ。

「あの男の連れ?」

「い……いいえ……」

「じゃ、たまたま通りがかっただけか」

「は……はい……」

「不運だったね」

男はしゃがみ込んだ。

血に濡れた銀のナイフが視界に入る。

「でもわかるだろう？」

恐怖で総毛立った。死にたくない。

「ターゲット以外を手に掛けるのは不本意だけど、俺もケーサツには捕まりたくないからね。とはいえ巻き込まれたことは可哀想《かわいそう》だから、今俺が叶えてあげられることがあったら叶えてあげてもいいよ？」

彼の口調が軽くて、何げないことが余計に怖い。この男にとって『殺す』ということは怯《おび》えるものでも、強い決意を必要とするものでもないという証拠だから。

「何もない？　それじゃ……」

「友達になってください！」

「……は？」

「友達になってください」

「俺と？　どうして？　殺人犯のオトモダチが欲しかった？」

「そうじゃない。殺されたくないからだ」

「殺されたくないから友達になる。結構変わった提案だね」

「あなたが……俺を殺すのは、俺が警察に通報すると思っているからでしょう。でも俺は友達なら秘密を守ります」

「キミ、友人なら殺人者でも匿《かくま》うタイプ？」

「いいえ、……悪いと判断すれば通報します」

「じゃダメじゃん」

「でも、納得するまでは黙ってます」

「納得って？」

「どうしてそんなことをしたのか、です」

まだ顔を上げることを許されなかったので、話し相手は黒い靴だ。けれど、言葉を交わしているうちに少しずつ落ち着いてきた。

「今納得してないの？」

「してません。どうしてあの人を殺したんですか？」

「依頼されたから。俺ね、殺し屋なの。殺人代行者」

「何でそんなことをしてるんです？」

「お金のため」

「どうしてそんな方法でお金を稼ごうと思ったんです？」

「この方法が一番自分に合ってたから、かな？」

「辞めたいと思わないんですか？」

「思わないねぇ。他に稼ぐ方法知らないし」

「人を殺しても後悔はないんですか?」

「ないよ」

「どうして?」

「どうしてって……、そうだな、俺が殺《や》るのは悪いヤツばかりだからかな。正義の味方を気取るつもりじゃないけど、良心の呵責は大分減る。それに、人の死って、避けられないものだろう? キミだって俺だって、今ここに飛行機が落ちてきたら確実に死ぬ。俺は単に死ぬ方法の一つでしかない」

「殺される人は生きてたいと思うかもしれないじゃないですか」

「自殺する者以外はみんな『死にたくない』と思いながら死ぬだろうね。そろそろ納得した?」

「いいえ。納得できません。他人の都合で殺されることを納得したら、俺は生きていられません。あなたの言う通り、殺人は死ぬ原因の一つかもしれないけど、それは許してはいけないことだから」

「どうして人を殺しちゃいけないんだ?」

「人が群れる生き物だからです」

「群れる生き物?」

「人は一人では生きていけない。コミュニティを形成して生きるものだ。生きていくためには『みんな』で生きていかなければならない。個人的な理由で殺人を許すのは生物としての人間自体を殺すものだからです。だから『生きていたい自分』を守るためにも殺してはいけないというルールがあるんです」

「殺される者が既に殺人を犯していたら？」

「それが悪いことだと本人に自覚させてからなら、排除されるのも仕方ないと思います。ただその理由が利己的なものでなければ、罰を与えるだけで生存は許すべきです」

「……澱《よど》みなく答えるねぇ、面白い。財布出して」

「財布？」

「早く」

この状況なので、言われるままに俺はスーツのポケットから財布を出して彼に渡した。武器はナイフ一本だし、体格も自分とそんなに変わらないように見えるけれど、彼は人を傷つけることには慣れている。抵抗する方が危険だろう。

黒い男は俺の財布を開け、中を見た。

「所持金は一万三千円か。あんまり裕福じゃないな。ポイントカードにキャッシュカード、ああ、社員証があった。キミ、日高隼人《ひだかはやと》クン？」

「……はい」

彼はスマホを出して俺の社員証の写真を撮った。殺し屋でもスマホ持つんだ、と変なことを考えてしまう。

「免許もあるね。……原付きだけ？」

「写真付き身分証明書になるので」

「なるほど。日高クン、まだ生きていたい？」

「はい」

当然だ。

彼は俺の目の前に財布を投げた。

「じゃ、いいよ。お試し期間でオトモダチになってあげる」

「え？」

一瞬耳を疑った。

「家、近所なんでしょ？　今すぐ帰りな」

「……いいんですか？」

「面白いから、いいよ。でも少しでも変な素振りがあったらそこでオシマイだから」

手が差し出され、何の意味かと考えていると腕を摑まれて立たされた。

「真っすぐ帰ってね。キミが思うより、俺ってスゴイから。あ、俺のことはシンって呼んでいいよ」

「シン？」

「そ。じゃ行きな。またね」

掴まれていた腕を中心に、振り回すように出口へ向けられる。

「俺の家の出口はあっちです。振り向いていいですか？」

「いいよ」

振り向いたけど、彼の顔はよく見えなかった。

細身で、俺より背の高い黒い男。

油断させて殺されるのかな。不安になりながらも、動かないという選択肢はなかった。

「バイバイ」

最後まで、男は軽い口調で俺を送った。

足にはまだ力が入らない。

殺人の現場から離れるに従って、これが現実のことかどうかわからなくなってくる。

いや、現実だ。

現実っていうものは、時としてマンガか小説みたいなものだってのをよく知っているじゃないか。『事実は小説よりも奇なり』って言葉もある。

彼の気まぐれであったとしても、取り敢えず俺はまた生き延びた。

「風呂……入ろう。家に帰ったら熱い風呂に入るんだ」

ふらふらとアパートへ向かう。

彼の対象は自分ではなかった。

そのことに感謝しなければ。


ボロいアパートにたどり着くと、疲れとも恐怖ともつかないものがドッと押し寄せてきて、玄関の扉を閉めた後その場に座り込んで動けなかった。

やっと動けるようになると、ユニットバスに熱めの湯を張って身体を温めた。

お腹も空いてる気がするが、空腹感がなかったのでそのまま寝た。

人は眠れば大抵のことを乗り越えることができる。

空腹で目を覚ました俺は、いつもと同じように朝メシを食って会社へ向かった。

公園にはもう足を踏み入れる気にはなれなかったので、大通りを歩いて駅へ向かう。

都心の雑居ビルの一室にある会社に入り、社員証でキーを解除して奥のタイピングルームへ入ると、少し安心した。

ここには日常があるからというのもあるが、それだけではない。官公庁の書類を扱《あつか》うので、セキュリティがしっかりしているからだ。

「おはよう、日高くん」

入ってすぐ、入口横に座る猪口《いのくち》課長に声をかけられる。

「おはようございます、課長」

「今日のノルマ、デスクに置いてあるから」

「ありがとうございます」

痩《や》せぎすでメガネをかけた課長は、神経質そうにメガネの位置を直した。

「顔色、よくないね。気をつけてね。病欠は困るから」

「はい」

ズラリと並ぶ事務机とその上にあるパソコン。既に何人かは出社していて、微《かす》かにキーボードを叩く音が聞こえる。

仕事中は私語禁止なので、朝の挨拶《あいさつ》は舎監《しやかん》のような課長とだけだ。

俺は自分のデスクに座ると、パソコンを立ち上げ、すぐに仕事にかかった。

手元の紙の書類を同じレイアウトを作って写してゆく。スキャナーをかけた方が早いと思うのだが、古い書類の中には手書きのものが多いのでレイアウトを縮めるためにも打ち込みの書類にするのだそうだ。

頭を空《から》っぽにして、文字や数字を打ち込んでゆく。

もうここで働いて半年以上経つので慣れたもの。

その間に、俺は頭の中で昨日の出来事を反すうしていた。

家の近くの公園で起こった殺人事件。

通勤電車の中でスマホのニュースをチェックしたところ、それらしい報道はなかった。

あれは現実だったのだろうか？

この現代に殺し屋だなんて、まるでマンガだ。

それに、プロの殺し屋が簡単に目撃者を見逃してくれるものなのだろうか？

もしかしたらあれはアングラ劇団の練習だったのかも。まんまと騙《だま》された間抜けなサラリーマンを脅《おど》して、今頃笑い合ってるかもしれない。

でも、目の前にチラついた銀色のナイフには確かに血が付いていた。

いや、あれだって芝居用の血糊《ちのり》かもしれない。

第一、お友達になってやると言ったって、彼は消えてしまった。もう一度自分の前に現れるなんて危険を冒すだろうか？

今なら、俺は彼の顔も名前も知らない。でも友人となったらその両方を晒《さら》すことになるだろう。

あり得ないな。

友人にはならないけど、面白かったから見逃すということはあるかもしれない。

彼がプロなら、きっと後始末まで上手くやるだろう。何の証拠もないのに『あの公園で殺人が行われました』なんて言われたって、警察が信じるはずがない。

俺が半日行動を起こさなかったから、彼は安心して俺のことを忘れてくれるかも。

俺の望みは普通に生きて、普通に死ぬことだ。

働いて金を稼いで、適度に遊んで、時々美味しいものを食べる。趣味の古い映画なんかを観て、できれば生涯の伴侶を見つけて幸せな家庭を作る。

決して大金持ちになりたいなんてことは言わない。

宝クジに当たるのは大歓迎だが、クジを買うゆとりが今のところないので、考えても仕方ないことだ。

まあまあいい大学を出たので、就職先には困らないし、ひっそりと生きていきたい。

殺人なんて非日常的なこととは縁遠くありたい。

人を殺す、か。

何があっても、その考えに直結する人間の思考回路は自分にはわからないな。

かと言って、黙って殺されるのも嫌だけど。

単純作業を続けていると時間感覚がおかしくなる。

あっと言う間に昼メシの時間になり、同僚に誘われて混み合う近所のカレー屋でカレーを食べた。

近くの会社が一斉に昼休みになるので、いつもここは混んでいる。

半分くらいの会社が一時間昼食時間をズラしてくれれば、もう少しゆとりができるのだろうに、大昔に決めたルールは変えられないのだろうか。

タバコを吸って戻るという同僚と別れて、給湯室で自分で淹《い》れたコーヒーを持って給湯室横のスペースで時間を潰す。

パソコンのある部屋では飲食禁止なのでデスクにコーヒーは持っていけないのだ。

他にも何人かやってきて、何とはない雑談が始まる。

俺はふと思い立って、またスマホのニュースをチェックした。

交通事故、路上で酔っ払い同士のケンカ、火災。

「あった……」

死者の出たものの中で一番大きく扱われていたニュースは、大手不動産グループの会長の石田《いしだ》某《なにがし》が急逝したというものだった。

石田氏はM市の公園で、メッタ刺しにされて亡くなったとのことだった。

犯人は自首して既に捕まっていた。

上野《うえの》征久《ゆきひさ》六十八歳。動機は二十年前に石田の地上げにあって家に火を点けられ、その火災で妻と子供を亡くした復讐だと供述しているらしい。

場所は……、多分合っている。

詳しくは書かれていないけれど。

殺された男は『蓑田の土地』と言っていたから、この石田という男かもしれない。でも犯人は決して六十八歳の男ではなかった。あの淡々とした軽い口調は、老人のものでは決してない。

それに、俺が見ていた限り、男は首と足の二ヵ所を刺されて絶命したはずなのに、ニュースの被害者はメッタ刺しとある。

どういうことだろう。

いや、考えても仕方がない。

たまたま俺の観た夢と現実に重なった部分があっただけ、と考える方が理屈が通る。というか、そうあって欲しい。

俺はスマホを切ってオフィスに戻った。

午後の仕事の始まりだ。

「皆さん頑張ってください。納期まであと二日です。あと二日で自由になりますからね」

課長の言葉が空《むな》しく響く。

あと二日間は馬車馬のように働けってことだから。

今日も残業だろう。

働き方改革なんて、通用しない会社は山のようにあるのだ。

けれど課長の言う通り、納期が過ぎれば『いつアップでもいい』仕事に切り替わり、定時退社ができる。

『いつアップしてもいい』仕事は、むしろゆっくりやって長引かせて、着手期間が長いほど会社にとって利益が出る。

次の急ぎの仕事が入るまでは平穏だ。

定時になり、夕食を買いにコンビニに行って休憩所で食べてから、戻ってまた今日のノルマが終わるまで働く。

今日の退社時間は十時だった。

これから電車に乗って帰宅すると、また十一時か……。

ため息を一つついて駅に向かおうとした時、背後から名前を呼ばれた。

「日高クン」

まだ会社が近いので、社員の誰かかと思った。聞き覚えのあるようなないような声だったので。

だが振り向くと、そこに立っていたのは見知らぬ人物だった。

誰だ？

何の関係者だ？

俺は一瞬身構えた。

「あれ？　わかんない？」

彼はにこにこと笑いながら俺に近づいてきた。

何だろう。とても友好的な態度なのに、肌がざわざわする。

「あの……、どちら様でしょうか？」

「やだなぁ、昨日オトモダチになってって言ったのは日高クンでしょ？」

昨日、オトモダチ……。

「あ……」

「思い出してくれた？」

黒い男だ。

殺し屋だ。

一瞬にして全身に緊張が走る。

「やだなぁ、そんな顔して。日高クンの会社ってブラックだよね、こんな時間まで働かせるなんて」

俺はもう一度相手の顔を見た。

前髪の長い黒髪、眦《まなじり》のスッと上がった一重の目に通った鼻梁《びりょう》。唇は薄く、浮かべている笑顔がちょっとウソ臭い。

綺麗《きれい》な顔立ちだ。だが女性的ではなく、男性らしさはある。モデルか何かをやっても食べていけそうだ。

「何の……、ご用でしょうか」

「会社帰りにトモダチに誘われる、ってとこかな。ゆっくり話をしたいから、食事でも一緒にどうだ？　まだなんだろう？」

断る、という選択肢はないんだろうな。

「どこへ行くんです？　俺、あまりお金持ってないんですけど」

「嫌だな、誘ったんだから奢《おご》るよ。それに、店じゃなく俺のとこへ行こう」

「あなたの家ですか？」

「家はまだだな。まずは適当に会話が聞かれないところ、だ」

カラオケボックスかどこかだろうか。

「来るよね？」

その四文字に圧を感じる。

「……わかりました。行きます」

「いいね、日高クンは素直で。じゃ、通りまで行こうか」

先行する彼について大通りに出ると、彼はタクシーを停めた。

「乗って」

タクシーで行ける場所ならいかがわしいところではないだろうと、押し込められるまま乗り込む。

あの時殺されなかったのだから、きっと大丈夫。

今日まで生き延びているのだから、きっと俺は運がいいはずだ。

そう自分に言い聞かせて。


彼に連れて行かれた場所は、意外な場所だった。

都心の高級ホテルのスイートルーム、だ。

もっと危ない場所、よくてカラオケルーム、悪ければ薄暗い倉庫とか場末の雑居ビルの一室だと思っていたのに。

既に宿泊しているのだろう、フロントには寄らず真っすぐエレベーターに乗り、降りるとカードキーでホームドアみたいな扉を開ける。

そして通されたのは、スイートルームでも『ロイヤル』が付きそうな広くて綺麗な部屋だったのだ。

階下を見下ろせる大きな壁一面の窓。大きなテレビに巨大なソファと大理石のテーブル。部屋の隅には別に小さなテーブルと椅子もある。

「座っていいよ」

彼は備え付けのコーヒーメーカーでコーヒーを淹れ始めた。

使うのは水道水じゃなく、並べて置かれているミネラルウォーター。

……一泊幾らくらいするんだろう。

言われるままソファに座った俺の前にコーヒーのカップとルームサービスのメニューが置かれる。

「好きなもの食べていいよ。黙っててくれた御褒美」

「俺が黙ってた、なんてわからないじゃないですか」

「わかってるさ」

にやりと笑った顔で、自分が監視されてたのだと気づいた。

色々考えることはあるけれど、取り敢えずお腹は空いていたのでメニューを開く。

後で自腹と言われても困らないように、安いものを選びたかったが、カレーライスで二千三百円もした。

どんな価格設定だよ。

一番安いのは夜食セットのうどんとおにぎりで、千五百円か。

「決まったか?」

「夜食セットにします」

「腹減ってないの?」

「払える限度額があるので」

「奢るって言ったじゃん。肉嫌い？」

「嫌いじゃありません」

「じゃ、俺と一緒にしよう。ステーキセットね」

「ステーキセットって、一万二千円もするじゃないですか！」

驚いて声を上げると、彼は淹れ終わった自分のコーヒーカップを持って笑いながら隣に座った。

「面白いなぁ。普通の人間はもっとビクビクしてるか、怒ってるような態度を示すのに。日高クンは見た目に因《よ》らず肝《きも》が据《す》わってるんだな」

「俺の見た目って……」

「気弱なサラリーマン。どこにでもいそうなタイプ。だが顔はいい。大きな目とぽってりした唇はセクシーというより可愛《かわい》いかな？　女顔って言われない？」

「言われます」

「もう少し身だしなみを整えたらアイドルみたいだよ」

「あなたはカッコイイモデルみたいですね」

「見た目、合格？」

「何が合格で何が不合格かわかりません」

「君の隣に立つ人間として、さ」

「俺は友人を容姿では選びません」

「じゃ、何で選ぶ？」

「選ぶことはありません。一緒にいて、ずっと一緒にいたいと思ったら、です」

「優等生だねぇ」

彼はサイドテーブルにあった電話を取り、ルームサービスをオーダーした。

ここで、俺は何をされるんだろう。

今のところ、どうやら俺は興味を持たれているようだ。面白い玩具《がんぐ》扱い？　その興味が続く限りは殺されることはないのかもしれない。

ではその興味が失われたら？

無罪放免とはいかないかもしれないな。

俺は電話をしている彼をもう一度見た。

部屋に入ってから上着を脱いだので、ぴったりとしたシャツに包まれた身体が細いけれどしなやかな筋肉の持ち主だというのがよくわかる。

首も長いけれど太い。

鍛えている人の身体だ。

自分もさほどひ弱なつもりはないが、抵抗しても、力で押さえ込まれてしまうだろう。

戦って逃げることはまず無理だな。

「さて、それじゃ食事が運ばれてくるまで少し話をしようか」

彼は電話を切ってこちらを向いた。

「何か俺に訊《き》きたいことはあるか？」

「あなたが手にかけた人は、ニュースに出た石田さんという社長さんですか？」

「最初の質問がそれか。本当に君は予想外だな」

部屋に入ってから、彼の話し方が少し変わった。

声のトーンもからかうような高いものから落ち着いた低いものになっている。

「そうだよ、と言ったら？」

「犯人は別の人が自首したと聞いてます。どうしてです？」

「仮定の話だが、彼が依頼人だったというのはどうだ？　女房子供を殺されてからコツコツ金を貯めて石田を殺すチャンスを狙っていた。証拠を集められれば警察に訴えるつもりだったが、石田を逮捕させるほどのものは手に入らなかった」

あくまで仮定だと言いながら彼が語ったことは、恐らく真実にとても近いだろう。

警察に訴えることが無意味だと思ったので自首した犯人、上野は自分が石田を殺すことにシフトした。

しかし、警備も厳重だし、近づくことが難しい石田は、自分では確実には殺せない。

そこで殺人の代行者を探して依頼した。

依頼内容は確実に石田を殺すこと。そして殺した後に自分をその場へ連れて行くこと。

「他人が殺すだけじゃ満足できなかったんだろうな。メッタ刺しにしたのは上野本人だ。『もしも』俺が見ていたら狂気じみた行動だと思っただろう。既に死んでいる人間に恨み事を言いながら何度もナイフを突き立てる姿は」

もしもじゃない。

彼はそれを見ていたのだ。

「恨みを晴らす殺人をどう思う?」

「……わかりません」

「何でも答えを持ってるかと思ったが、そうではなかったようだな」

「俺は普通の人間です。何でも答えを持ってるなんてことはありません。考えたことがあることだけに答えを持っているだけです。考えたことがあっても、答えの出なかったこともありますし」

「正直だな」

「恨みだけで人を殺すことは、その恨みの種類によって答えは違うと思います」

「たとえば?」

「逆恨みは迷惑です。実害があった場合は悩みます」

「殺人ダメ、絶対、とは言わないのか？」

「自分が生き残るため、ということもありますから。でも俺は人を殺したくはないです」

「悪いヤツでも？」

「悪いヤツでも、その人が死んだら善良な人が悲しんだり傷つくかもしれないでしょう。

俺は善良な人達を傷つけたくはありません。だから人を殺したくはない」

「自分が殺されそうになっても？」

その問いには言葉が詰まった。

「……そうですね。今のところ。逃げ回る方がマシです」

「ふぅん」

気のない返事。

興味を失わせてしまっただろうか？

「今度はこっちから質問しようかな。一人暮らし？」

「ええ」

「家族は？」

色んなことを考えて、一瞬、答えるのに間が空《あ》いてしまう。

「いません」

「いない？」

「亡くなりました」

「それはご愁傷様。だから人が死んだり殺されたりするのが嫌いなのか」

「それもあるかもしれません。人が死ぬのも自分が死ぬのも嫌です」

「でも人間は誰しも必ず死ぬ」

「仕方のないことと嫌なことは別です。俺もいつかは死ぬでしょうけど、死ぬまでは生きていたい」

「それが今だったら？」

「あなたが俺を殺すつもりなら、抵抗します。俺は長生きしたいんで」

「長生きしてどうするの？」

「わかりません。生きてる意味を探すのかもしれないし、何にもせずに平穏に生きてゆくだけかも。でも俺はそれが幸せだと思う方なのでそれでいいです」

禅問答みたいだな。

いつまでこの『死と殺し』の話題を続けるんだろう。

その考えが伝わったかのように、彼は突然質問を変えた。

「日高クンは童貞？」

「は？」

しかも百八十度変わった方向に。

「女と寝たことあるか？」

「な……なんでそんなこと教えなきゃいけないんですか」

「友達だろう？」

「友達にだって言いませんよ！」

「ま、答えなくても今の反応でわかったけどな」

そこへチャイムが鳴った。

「おっと、食事が届いたようだ。続きはメシを食いながらにしよう」

彼が立ち上がって扉を開けると、二人のホテルマンが恭しくワゴンを押して現れ、テーブルの上に料理をセットした。

メニューの写真には載っていなかったケーキとコーヒーまで付いている。これは別オーダーか。

彼が伝票にサインをすると、彼らはそそくさと部屋を出て行った。

「さ、どうぞ。代金の請求はしないから、存分に」

「……いただきます」

いい匂い。ここまで用意されたらいただくべきだろう。

俺は手を合わせて感謝の意を示してから、ナイフとフォークを取った。

美味しそうな肉を切って、口へ運ぶ。

ん、美味しい。さすが一万二千円。

俺は遠慮なく食べ続けた。

「いい食べっぷり」

「残すのはもったいないですから」

「怖くて胸いっぱいで食事も喉を通らないっていうのはないのか」

「怖くても、食事はしっかり食べます。生き延びるためには食事は大切ですから」

彼もナイフフォークを手に食事を始める。

食べ方も優雅だな。

俺なんかよりずっと育ちがよさそうだ。

「うん？、何見てる？」

「いや、綺麗な食べ方だなと思って」

「……日高クンは俺が怖くないの？」

「怖いです。わからないことが沢山ありますから」

「わかれば怖くなくなる？」

「かもしれません」

彼はナイフとフォークを置いて、じっと俺を見つめた。

「何ですか？」

食べながら訊くと、彼はにやにやと笑った。

「俺が殺し屋だと知っていて、怖がってもいるし自分が殺されるかもしれないと警戒もしてる。なのにこんなとこまでついてきて、不躾《ぶしつけ》に質問をして、俺の隣で美味しそうに食事をしている」

気に入られた？

「自分の考えがしっかりしてて優柔不断でもない。約束もちゃんと守っている。いいねぇ、ホントにいいよ。こんな人間、初めてだ。トモダチになるのはやめよう」

「え？」

気に入ってくれたんじゃないのか？　今『いいねぇ』って言ったのに。

「友達にならなかったらどうするんですか……」

「恋人にしよう」

「は？」

「トモダチは友情のためとか言って正義を振りかざして正義を説いたりするだろう？　信用がおけない。だが恋人なら、相手がどんな人間でも盲目的に尽くす」

「それはあなたの解釈でしょう。第一、俺は男ですよ！」

「男同士だって恋愛はするさ。何より、俺は君が気に入った。恋したかもしれない」

「いや、無理ですって」

「恋人、いないんだろう?」

「いませんけど、いないからってあなたと恋愛するって決めるのはおかしいです」

「面白いな、殺される時より慌《あわ》ててる気がする」

「殺す殺さないは、殺人現場を見た結果だから理屈が通りますが、男同士で突然恋人とか理屈も何もないでしょう。筋が通らないことは受け入れられません」

「なるほど、隼人は理屈っぽいんだ」

日高クンから隼人になった……。

「じゃ、筋を通してあげよう。俺が君に惚れたから、恋人になってもらうために努力をしよう。でも、君も俺に惚《ほ》れてくれればいい」

「おかしいですって!」

「慌てると可愛いなぁ」

彼はグッと顔を近づけて、いきなりキスした。

「ステーキ味」

軽くだったけど、今、唇と唇が確かにくっついた。

「俺のファーストキス!」

「え? 嘘。隼人幾つ?」

「幾つだっていいでしょ! ……俺の初めての……」

可愛い彼女と戸惑いながら口づけを交わすのが夢だったのに……。

「童貞なのはわかったけど、まさかキスも未経験とは。どうしよう、本当に隼人が可愛くなってきた」

言うなり、彼は俺に抱き着いた。

「ちょっ……！　ナイフ持ってるんですから危ないですよ！」

「それで俺を刺せば逃げられるぞ？」

「するわけないでしょう！　離れて！　離れてください！　……ひっ！」

彼は離れてくれたが、その前に耳にもキスされた。

なんでそういうことを。

もしかして、マジでこの男はゲイなのか？

ゲイに偏見はないが、自分はそうじゃない。自然と男性を好きになった、ならまだしもいきなり男に迫られるのはアウトだ！

「俺の名前はシン・リーだ。『あなた』じゃなく『シン』と呼べ。殺されることには肝が据わっているようだが、これからは貞操の危機に気をつけるんだな」

「て……！」

まさか、肉体関係込みで恋愛と言ってる？

「うん、いい反応」

そこで満足げに頷《うなず》くな。

「強姦されるのが嫌なら、早く俺を好きになるといい」

「理屈がおかしいでしょう。強姦とか言ってる時点でおかしいです！」

「まあまあ、料理が冷めないうちに食べるといい。明日も会社があるんだろう？　食事が終わったらタクシーで家まで送ってやろう」

何が何だか……。

恐怖心より混乱が上回って頭がクラクラした。

取り敢えず帰してくれるというなら、帰らせてもらおう。そのためには早く食事を終えなくちゃ。

「この状況でまだ食事ができるんだ。凄いな」

もう何を言われても気にせず、俺は食事を続けた。

一刻も早くこの『二人きりの密室』から逃れられるように。

約束通り、彼は食事が終わると俺を解放してくれた。

もう遅いからと一緒にタクシーに乗ってアパートの前まで送ってくれた。

家を知られるのはマズイかもと思ったが、どうせ彼なら調べればすぐにわかるのだろうと諦《あきら》めた。

「恋人なら当然のことだ」

「まだ恋人じゃありません」

「恋人じゃないなら信用できないなぁ」

「友人です。信用してください」

タクシーの運転手が聞いてるのに、全く気にしていないようだ。

彼だけを乗せたタクシーが遠ざかるのを見送ってから、自分の部屋へ入る。

二畳の板の間のキッチン、四畳半六畳の部屋を分けるのは襖《ふすま》。水回りだけは改装されていてキッチンとユニットバスは新しい。

でも今時珍しい昭和テイストのボロアパート。

さっきまでいたホテルのスイートだったらすっぽり入るどころかここ二部屋分は入るだろう。

「現実離れし過ぎる……」

昨日以上にどっと疲れが出て、俺は風呂にも入らずベッドに入った。

仕事があるんだから、まずは身体と心を休めないと。

だが、疲れる日々は始まったばかりだった。

翌朝、シャワーを浴びてから出社。

いつものように仕事。

仕事中の空っぽの頭で考えるのはシンのことだ。

シン・リーと名乗ったが、中国人か韓国人か？

いや、本名を名乗るとは思えなかったし、流暢過ぎる日本語からして日本人の可能性もある。

彼が俺を殺さなかったのは、面白いからだろう。

とすると昨日の告白も面白いからしただけかも。

それはそうだろう。出会ったばかりの男に恋人になろうはないだろう。

ああ、俺のファーストキス……。

恥ずかしながら、俺の恋愛経験は小学校で止まっていた。その時だって、ちょっといいな、と思う女の子がいた程度。

女性とのお付き合いなんて無縁だった。

でも仕方ないだろう。

うちは母子家庭で、頼る親戚もなかった。

俺を育てるために必死に働いていた母を助けるために、学校が終わったら真っすぐ家に帰り、家事全般は俺の担当だったのだ。

高校に入ってからは、アルバイトも始めた。

本当は大学には行かず、そのまま就職しようと思っていたのだが、母がそれを許さなかった。

大学だけは出ておきなさい。

やりたいことがあってそちらへ進むのならばいいけれど、そうでないのなら大学は出ておくべきだ。世間とはそういうものだから、と。

自分は高卒で苦労した。女であることも含めて選べる仕事が少なかった。だから今、こんなふうになってしまった。

でも隼人は男の子だから、頑張ればどんな道でも選べる。大学へ通える頭があるのだから頑張ってみるべきだ。試験に落ちたのならまた別の道を探すのもいいが、挑まずに逃げてはダメだ。

男女平等だの学歴偏重反対だのと言われていても、現実は違う。

せめてお前だけは、というのが口癖だった。

そんな母も、俺の大学卒業間近に亡くなってしまったけれど……。

その後はゴタゴタして恋愛なんて考えられなかった。

今の会社にいる限り、当分は無理だろう。

残業十時が連日なんて許してくれる女性は少ない。

事実、同僚は何人もフラれていた。入社前に結婚しておけばよかったとか、結婚するなら転職する、という会話を何度も耳にした。

でも、だからと言ってシンさんと恋愛するかと言われればノーだ。

男の人に性的な魅力を感じたこともないのだから。

「今日は手が早いな」

課長が減ってゆく俺のノルマを見て声をかけた。

「何か予定でもあるのか？」

「いえ、別に。……ちょっと疲れてるので少しゆっくり寝たいな、と」

「ふむ。明日一日働けば週末だ。体調には気をつけろ」

「はい」

決められたルーティン。

仕事して、昼食食べて、仕事して夕食代わりの軽食を摂って、仕事して終わる。

ノルマを終えた時は、珍しく九時を回ったばかりだった。

今日はゆっくり眠れるかな。……と思ったのに、会社を出たところに問題の根源が立っていた。

シンさんだ。

「隼人」

……また隼人呼びか。

「どうも。今日は何でしょうか」

「夕飯を一緒に食べようと思って」

「はあ」

「お金がないのはわかってるから、また奢るよ」

「結構です」

「どうして？　遠慮しなくていいんだぞ」

「疲れてるので、早く帰って休みたいんです」

「じゃ、家まで送ろう」

「俺のことなんか忘れてください。もう俺もあの時のことは忘れます」

「隼人みたいな正義漢が簡単に忘れられるかな？」

彼は近づいてきて肩を組んだ。

「生きるために必要なら忘れます」

「隼人は生きることに貪欲なんだな」

「誰でもそうです」

「まあそうか。だが隼人に選択肢が少ないことはわかってるだろう？」

低くなる声。

……脅しか。

「わかりました。行きます」

そして俺はその脅しに屈するしかないのだ。

「今日は和食にしよう。近くにいい店があるんだ」

食事を奢ってもらえるのは純粋にありがたい。

けれど、何時《いつ》豹変するかわからない人物との食事は微妙だ。

連れて行かれたのはいかにも高級そうな創作和食の店で、個室だった。

出されたコース料理も高級で、美味しかった。

でも目の前でシンさんにじっと見つめられているのは辛《つら》かった。

「どうして見るんです？」

「俺を前にしてよく食べるな、と思って」

「食事は食事です。今食べないと今夜はご飯抜きになってしまうのでしっかり食べます」

「隼人は何歳なんだ？」

「二十四です。社員証を写真に撮ったんですから、書いてあったでしょう」

「ああ、あれ。見てなかったな」

「シンさんは幾つなんです？」

「君より年上」

笑ってごまかされた。言うつもりはないのか。

「毎日俺なんかにかかずらっていて、仕事はいいんですか？」

「俺がそんなに頻繁に仕事をしてたら大変なことになるよ。それに今は仕事より恋だからな」

「……止めてください」

「何が？」

「俺は恋愛なんかしません。友情なら育《はぐく》んでもいいですが」

「俺は恋愛がしたいんだ」

「他の人を選んでください」

「隼人にしか興味がない」

「俺なんか平凡な人間ですよ？」

「いいや、非凡だ。見た目は確かに平凡なのに中身が違う。どうしてそんな風なのかを知りたいと思ってしまう」

非凡なのはあなただろう。

「中身も平凡です」

「隼人がそう思ってるだけさ。俺にとっては非凡だ」

「先に言っておきますが、今日は真っすぐ帰りますよ。非日常的なことがあり過ぎてキャパオーバーなんです。ゆっくり休ませてください。明日も仕事ですし」

「明後日は？」

「え？」

「明後日は土曜日だろう？　会社は休みなんじゃないか？」

「それは……そうですが……」

ブラックっぽいが、官公庁の下請けなのでうちの会社はそこら辺がきちんとしていた。

というか、上が休みなので連絡が滞《とどこお》るからということかもしれないが。

「じゃ、明日は待たないが、明後日は迎えに行こう」

「は？　迎え？」

「デート」

またわかんないことを。

「俺がデートに誘うんだ。行くよな？」

……これもまた選択肢ナシか。

週末くらいゆっくり休みたかったのに。

「土曜に付き合ったら、日曜は解放してくれるというなら」

「日曜は寝て過ごすのか？」

「ご冗談を。一週間分の食料を買ったり、洗濯したり、掃除したり。ホテル住まいの人にはわからないでしょうが、一般庶民は忙しいんです」

「ホテル住まいなわけじゃない。自分の家もある」

「そうなんですか？」

それは意外な。

イメージで、転々と所在を変えるものだと思っていたのに。

「今度招待しよう」

「いや、結構です」

「遠慮するなって」

遠慮じゃないのに。

「じゃ、明後日にデートでいいな？」

日曜をフリーにしてくれる約束のないまま押し切ったな。

不満があっても、彼から発せられる言葉に俺は逆らえないのだ。

「……わかりました。でもそんなふうに強要するのは恋人じゃないですからね」

強引さについ反抗したくなって、俺はそう言った。

「強引なのは嫌いか」

「あなたに脅されるのは受け入れます。怖いですから。でも脅すのは恋人じゃないとだけは言っておきます」

わかったか、というように睨《にら》むと、彼は頬杖をついてにやにやと笑った。

「いいねぇ、『恋人』を意識してくれて」

そう取るか……。

「……そういうわけではありません」

食事を続けながら、俺は心の中でため息をついた。

この人に、どんな態度を取ったらいいのか。

怖いことは今だって怖い。でも怯えて動けなくなったら自滅しそうだから、自分の思う通りに動くしかない。

だがそうすると彼の興味を煽《あお》るだけだろう。

興味を持たれていれば殺されないみたいだから、それがいいのだと思っていたが今は微妙だ。

彼の興味を煽ると、恋人扱いされてしまいそうじゃないか。

しかも彼の考える恋人はアブナイ関係まで含んでいる。

その気がないのだからそれは拒みたい。でも拒むと命が危ないかもしれない。

答えの出ない命題。

……取り敢えず、今日もまた俺は食事をして家へ戻ることだけを考えることにした。

それ以外の道はないので。

翌日は、平穏な日常だった。

仕事を終えて会社を出ても、俺を待つ人影もなかった。

ほっとして家に帰り、夕食を作って食べ、ゆっくり風呂に入って休んだ。

平凡な日常の喜び。

昨日までのことが夢だったのではないかと思える。

明日にはシンが迎えに来るのだとしても、今は平和だ。

仕事も、このままなら月曜で終わりそうだし、時間ができたら彼のことについてゆっくり考えよう。

彼のことを考える……。

この先はどうなるんだろう?

時間が経つにつれ、殺人という出来事が現実味を失ってゆく。

今は、圧倒的優位な人間に迫られてるだけという感じだ。

けれど実際はそうではない。

彼が本気で俺に恋をしているとは思えないし、彼はやっぱり殺人者で俺の命は彼に握られている。

俺が今生きているのは彼の気まぐれだ。

自分の命が大事なら、彼の望みを叶えて恋人になるのがいいのかもしれない。

でも、俺は『力』に自分の身体を差し出すことは許せなかった。そんなもので幸福は得られない。

生きていても、ビクビクしながら、相手の顔色を窺《うかが》って生きるのは決して楽しくないだろう。

逃げるか?

逃げ切れるか?

逃げて、捕まったらどうなるんだろう。

殺される?

死ぬのは嫌だ。

でも、俺を殺しても彼にとって得なことは何もない。彼が、俺を殺したいと思っている連中を見つけ出して殺人の依頼を受けない限り一文の得にもならないのだ。

殺人の目撃者の口封じにしてもそうだ。

考えてみれば事件は犯人が名乗り出て既に解決している。

今更俺が、たまたま通りがかって殺し屋が石田さんを殺すのを見ましたと言って誰が信用する？

最初の二撃はシンがやったものだろうが、彼の話が事実だとすれば残りは上野さんがやったものだ。

上野さんには動機もある。

何より、上野さんは自分が仇《かたき》を討ったということに満足しているだろう。そうじゃないと言われることは不本意に違いない。

ということは目撃者の口封じとしてもシンにメリットはない。

反対に俺を殺すことにはデメリットがあると思う。この監視カメラの多い世の中で殺人を行うのは捕まる可能性は大きい。

たとえ彼がプロだとしても、意味のない殺人を危険を冒してまで実行しないだろう。

それなら、飽きるまで相手をしたら、簡単に捨ててくれるかもしれない。

うん、きっとそうだ。

だとしたら、あまり気に入られない方がいいのかも。

怒らせるのはマズイけれど、気に入られていつまでも玩具にされては面倒だ。

一応の答えを導き出し、俺は安心して目を閉じた。

きっと大丈夫。何もかも上手くいく。ここで今生きてるというだけで、俺は運がいいのだから。

朝食は食パンに作りおきのキンピラゴボウとハムを一枚挟んでホットサンドにしたものと、インスタントのコーンスープ。

迎えが何時に来るかわからないので、まずはしっかり腹ごしらえだ。

着替えたのはロゴの入ったロンTにデニム。まるで学生みたいな格好、というか学生時代からの愛用品だ。

これなら高級店に連れて行かれることはあるまい。

ちゃんとした服に着替えろと言われても、通勤用のツルシのスーツしか持ってない。

彼を待つことはせず、部屋の片付けを始めていると、チャイムが鳴った。

「はい？」

「開けろ。お迎えだ」

シンの声だ。

俺は渋々玄関を開けた。

「やっぱり家を知ってるんですね」

「当然。最初の日に後をつけたからね。出掛けるのにその格好？」

言われたか。

「これしかないんです。貧乏ですから」

俺は上着を羽織りながら答えた。これは卑屈なのではなく、事実なだけだ。

「なるほど。それじゃ、それでいいや。朝メシ食べた？」

「食べました」

「じゃ、昼食までは連れ回そう」

「連れ回すって、どこへですか？」

「ヒ・ミ・ツ」

俺より大きな男が何をカワイ子ぶってるんだか。

でもこの人は何となく軽い方が合ってる気がする。

アパートから連れ出されると、そこにはツーシーターの車が停まっていた。

これ、ジャガー？　車は詳しくないけど、エンブレムが獣だからきっとそうだろう。

「乗って」

と言われて乗り込む。

「どこへ行くんですか？」

「まずその服を何とかする。それからリバーサイドで食事をして、ホテルに戻って二人きりの時間を楽しむ。いやあ、デートなんて久しぶりだからいいコースが浮かばなくてね。

昨日一日考えてたんだ」

「服を何とかするってどういうことです？」

「そりゃ新しい服を買うに決まってるだろう？　男が服を贈るのは脱がせたいからっていう意図があるなんて言うけど、まだ我慢するから」

……何を言ってるんだか、この人は。

バカですか、と言いたいところだが、不興を買わない程度に、気に入られない程度に、微妙なラインでこの人の相手をしなければ。

「俺に服を買うなんて無駄遣いですよ」

「何故？」

「着て行く先がないですから。ご存じでしょう？　俺は会社と家の往復の生活です。休みの日はスーパーに買い物に行ったり公園を散歩する程度。それなら今持ってる服で十分なんです。この服装で入れない場所に行く気はしません」

「言うねぇ」

「お金を使われる前に言っておかないと」

ハンドルを握る彼はにやにやしていた。

うん、怒ってはいないな。

「言っただろう？　男が服を贈るのは脱がせたいからだって」

「脱がされるのも御免です」

「恋人ならいつかは覚悟しておかないと」

「恋人ではないので覚悟しません」

「そういうこと言っていいの？　俺が怖くない？」

「だんだん怖くなくなってきました」

「ふぅん、人間って慣れてしまうものだからなぁ」

「慣れたわけじゃありません。考えて出した答えです」

俺は昨夜考えたことを彼に告げた。

今更彼が自分を殺すことにメリットはないだろう、と。

「なるほど、理性的な考えだ。でも、殺人を犯すような人間が気まぐれで襲うとは考えない？」

「あなたはプロだと言いましたから。自分のマイナスになるようなことを気まぐれでするとは思えません」

「随分《ずいぶん》信用してくれるなぁ」

「信用じゃありません。理屈です」

「理屈か。隼人はとても頭がいいんだな。だが世の中は理屈だけじゃ回ってない」

「それは……、そうでしょう」

「君を見逃したのは面白かったからだ。そして変な動きをすれば簡単に消すことができるという安心感もあった。だが今は本気で隼人のことが好きなんだよ。恋愛という、理屈じゃない感情で動いてる」

「それを信じろ、と？」

「信じるまで口説くさ。まだ恋人じゃないから、多少の脅し付きになるけどね」

……飽くまで恋愛路線で押すつもりか。

出会ったばかりで、ましてやあんな出会い方をして、恋愛感情が生まれるなんてあり得ないのに。

「まあ、今日は俺に付き合うように。文句はナシだ」

彼はそう言って車を走らせた。

まず最初に向かったのはセレクトショップ。

シックな感じの品揃えのブティックだ。

モノトーンの服が多くて、シンには似合いそうだけど俺にはどうだろう……。しかも値札を見ると、Tシャツ一枚が八千円もした。物によっては一万円超えのものも。

いや、まだTシャツぐらいなら、わあ高いなぁぐらいで済むけれど、上着の方は触るのも怖い値段のものもある。

その中で、彼は値札も見ずに次々と俺に服を渡した。

「隼人は女顔だが童顔じゃないんだよな。髪をもう少し伸ばしてもいいと思うんだが、サラリーマンじゃ無理か。それならこっちのあっさりしたタイプがいいかな。Tシャツよりホリゾンタルカラーのシャツにスタンドカラーニットのセットなんてどう?」

カッターシャツとカーディガンね。

ファッション上級者の言葉ってイマイチわかんないよな。

Vラインシルエットでオーバーサイズのトップスとスリムボトムにしようとかはまだしも、ノームコアなら普段でも使えるとか、コロニアルカラーがどうとか、スポンテニアスだのギークだのタッキーだの。

だんだん意味不明の言葉になってくる。

自慢じゃないが、ファッションに興味があったのは中学までだ。

高校からはバイト三昧《ざんまい》でそんなものにかけるお金はないので興味も失った。

清潔感があって、汚れが目立たなくて、動き易くて長持ちする。それが俺のファッションの原点。

そこから外れるものは他人からもらった服とか景品で当てたとか、自分では選んでいないものだ。

色々選ぶシンに、俺はそのオーダーを伝えた。

一瞬、『えぇーっ』て顔をしたけれど、彼はすぐににこっと笑った。

「OK、じゃその方向で」

結果、彼が選んでくれたのはオーバーサイズの白のカッターシャツに、くすんだ紫のロングカーディガン、スキニーの黒パンツにチャッカブーツという黒の短いブーツだった。靴まで買うのか……。

で、店でそれに着替えさせられて次に連れて行かれたのはリバーサイド、つまり川縁のテラス席のあるレストランだ。

テラス席に通された時は寒いだろ、と思ったが、テーブル自体がストーブになってて、膝掛けももらえたので寒さは感じなかった。

「こんなのあるんですね」

ストーブ型のテーブルが珍しくて見ていると、彼は説明してくれた。

テーブルを支える柱が電熱器になっていて、欧米のテラスカフェではよく見られるそうだ。

「スイスなんかじゃ雪の積もってる場所でもテラス席がある」

「このストーブがあるから？」

「いや、ヒサシがあってその屋根の先から熱気のカーテンが出ていて冷気を遮《さえぎ》ってる。エアカーテンの熱版だね」

「へぇ。ていうか、スイス行ったことあるんですか？」

「あるよ。仕事で」

……仕事。

「隼人は色々聞きたがりだから、人が近づかない場所を選んだ。ここでなら何を話しても大丈夫。でもまずはオーダーしようか。昼食はここで済ますから、腹に溜まるものにしなね」

ウエイターが近づいて来てメニューを渡し、すぐに戻る。ストーブの熱がなければ川風はキツイのだろう。

「オーダーする時は呼びに行かないとダメなんですかね？」

去ってゆくウエイターの背中を見て言うと、シンがテーブルの上のブザーボタンを指さした。だよな、今時はそういうものだ。

俺は牡蛎とベーコンのパスタにホットコーヒーを頼んだ。

「こういうの、ご自分で調べるんですか？」

「こういうの？」

「デートコースとか、オシャレなレストランとか」

俺の質問に、彼はまたにこにこと笑った。

「いいねぇ、素人っぽい質問で」

何が素人っぽいんだか。ただ、イケメンで余裕たっぷりな彼が細々とした調べ物をする姿が想像できなかっただけなのに。

「デートコースやオシャレなレストランを探すこともあるよ。でも俺の調べ物は大抵仕事のためかな。仕事のために調べたことの中から、使えそうなものを選んだだけさ」

仕事のため。

「やっぱり人気のないところとか、防犯カメラのないところとか？」

「防犯カメラがあるところや人が多いところも必要だよ。目撃者が必要な時もあるからね。俺の仕事に興味ある？」

「いいえ、全然」

「でも君は知りたがりだ」

「生き延びるために知識は得ることにしてます」

「生き延びるねぇ。そんなに平穏に生きてるのにサバイバルを考える？　結構心配性なトコがあるんだ」

彼の言葉に、俺は苦笑した。

「危険なことをしてる人だけが危険なわけじゃありませんよ。平穏な生活をしてても危険はあります。事故や災害や、こんなふうに事件に巻き込まれたりとか」

「だがそこまで考える人間は少ない。正常性バイアスって知ってるかい？　どんなに悪いことがあっても『自分だけは大丈夫』って考えることだ。隕石が降り注いでも、それを避けなきゃと思うより先に自分には当たらないと考える。それが普通の人間だ」

「普通が何だかわからないですね。平均値か中央値か。俺は最悪を考えてから、今の自分の幸運に感謝するタイプです」

「隼人にとっての最悪は？」

「死ぬことです」

彼は感心したように黙って頷いた。

「そういえば……、一つ訊いてもいいですか？」

「一つ以上訊かれてる気がするけど、いいよ。何？」

「もしも俺があなたに仕事を依頼したら受けてくれるんですか？」

彼は大仰《おおぎょう》に驚いた顔をして見せた。

「意外だね。誰か殺したい相手がいるのかい？」

「いいえ。ただの質問です。裏社会の人間じゃなくても依頼を受けるのかなって。上野さんは一般人だったのでしょう？」

「君はクソみたいな話を聞いても普通に過ごしてくれそうだから教えちゃおうかな。あれはね、上野さんの依頼を受けたわけじゃない。たまたま依頼を受けた相手に、犯人に相応しい人物がいたから利用しただけさ。警察はロジックが好きで、犯人を求めてる。だから上野さんというやりそうな人を犯人として用意すれば俺は安全というわけだ。彼は懸命に殺人の協力者を探して俺を見つけたと思ってるだろうが、実際は利用されただけ。でも彼は事実を知っても満足するだろうけどね」

シンの言う通りだろう。

上野さんの目的は復讐。どんな道筋をたどってもそこに到達すればいいのだ。

「で、結果から言うと、一般人からの依頼は受けない。たとえ隼人からでもね。リスクが大き過ぎる。もし受けるとしたら今回のようにこちらに利があって害を被ることがないか、利用しようとする時だけだね」

「遺産相続争いで相手を始末してくれ、なんていうのは引き受けないいんだ？」

「業界人ならわからないが、やらないね。面倒臭い」

「面倒？　一番単純だと思うのに」

「単純だから、さ。誰が被害者を殺したがってるかがすぐわかるだろう？　クライアントが相続人なら、クライアントが疑われないようにしなくちゃならない。無関係を装い、プロの仕事ではなく自然な死に見えるようにもしなくちゃならない。金が絡んでいるとなれば警察はしつこく調べるだろうからね」

「普通の人を殺すのは簡単なのかと思ってました」

「捕まってもいいなら簡単だよ。ここで君を五秒で殺すこともできる。けれどここから逃げるには店の中を通って行くか川に飛び込むかだ。しかもこの店にはレジのところに防犯カメラがあった」

そうなんだ。気が付かなかった。流石プロってことか。

「バレないようにやるのが難しい」

と言ったところで料理が運ばれて来た。

いい匂いに空腹を感じ、早速食べ始める。

料理は、とても美味しかった。

「こんなに俺の質問に何でも答えていいんですか？」

「聞いたからって、隼人には何にもできないだろ？　具体的なことを教えてるわけでもないし。それに、どうしてなのかな、隼人には近い匂いを感じる」

「……俺は殺人者にはなりませんよ」

「うん。それは俺もそう思う。でもなぁ、何か近いんだよな。怖がってるのにズケズケ訊いてくるからかな？」

「……すみません」

「いや、いいよ。俺の正体知ってもこんなに普通に話をする一般人って珍しいし。食事したらまた俺のホテルに行こうか？」

「行きませんよ」

「行くよね？」

にこっと笑ってもう一度言われる。

これは命令だ。

親しげにしていても、自分と彼との間には上下関係があるんだな。わかり切ったことだけれど。

「わかりました」

俺は諦めて頷いた。

「服を買ってもらった分ぐらいは言うことを聞きます」

「食事の分は？」

「ワリカンにします」

「奢るよ」

「見返りを求められるとわかってる奢りはお断りします」

「んー、じゃあ見返りはナシでいい。これからずっと」

「何で奢るんですか？」

「もちろん君が好きだから、だよ。恋人じゃないか」

……その設定、まだ続けるのか。

「あなたから愛情を感じられないので、その言葉は否定します。俺の中にも恋愛感情はありませんから」

「つれないなぁ」

久々に他人と出掛けることは楽しくなくもない。どうやら無闇に殺人衝動に駆られる人間でもなさそうだ。

彼が俺を面白がっているうちは安全だし、ストーカーっぽいといえば『ぽい』けれど、今のところは事前に行動の報告はしてくれている。僅かだが、こちらの意見も聞き入れてくれる。

彼は誰とも繋がっていなさそうだし、俺とは無関係な人間だ。

それなら、彼が俺に興味をなくすまで暫《しばら》く付き合えばいい。

少なくとも、彼の言うことを聞いていれば平穏なのだから。

「あ、言い忘れてました。洋服、ありがとうございました」

それに、くしゃっとした顔で笑う彼に警戒心を持ち続けるのは難しかったので。

「変わってるなぁ、隼人は」

その日は、食事の後彼のホテルの部屋へ行き、夕飯前までだらだらと話をした。

話題は、彼からは俺の趣味や食事の好み、俺からは特にはなかったが沈黙すると気まずいので海外の話を訊いてみた。

シンは海外にも行ったことがあると言っていたので。

俺は高校の修学旅行の時にパスポートを取ったけれど、海外に行ったのはその時韓国旅行に行ったきりで他の国には行ったことがない。

なので、彼が語る海外の話はちょっと面白かった。

インドでは満員電車の中にチャイ売りが来るとか、フランスはどこへ行っても観光地みたいだとか、ヨーロッパには日本にはない魚介類専門のファストフードがあるとか。どこまで本当かはわからないけれど。

夕飯も一緒にと言われたが、それは固辞してアパートへ戻った。

疲れたので休ませて欲しいと言ったら、意外とすぐに許可をくれたので。

アパートの部屋で買ってもらった服から自分の服に着替え、ほっと一息つく。

彼があんまりにも陽気に振る舞うものだから、彼の本当の姿を忘れそうになってしまう。

人を手にかけるということは恐ろしいこと、それが出来る人なのだということを。

もしかしたらそれが狙いなのかもしれない。

俺の中の『シン・リー』という人間は無害だという印象に変えてから、フェード・アウトするつもりなのかも。

まあいい。

もう目の前に彼はいないのだから、今は自分のことだけ考えよう。

翌日の日曜は、完全にシンの影は無く、俺は寝たいだけ寝てから起きた。

ブランチというお洒落な言葉に似つかわしくないインスタントラーメンをかき込んでからコインランドリーで洗濯をし、仕上がりを待ってる間にクリーニングからスーツを受け取る。

一旦スーツを家に置いてからランドリーで洗濯物を引き取ると、遅い昼食はファストフードで軽く済ませた。

一週間分の買い物をして、アパートに戻り、掃除をしながら作り置きの総菜を作る。

その後は買っておいた本を開いてコーヒーを飲みながら読書。空腹を感じてから夕飯、風呂、眠くなるまでまた読書。

ありがちな独身男性の日曜だな。

だが、平穏だ。

シンの仕事は別として、彼のように色んなところへ行くのは楽しいだろうな。

金銭的にも無理があるから海外は望めないが、今の仕事を真面目に続けていれば小旅行ぐらいはできるかも。

ずっと静かに暮らしていたのだから、そろそろ動いてもいいかもしれない。旅行から何かがバレることはないだろうし。

北海道とかは旅費がかかるだろうけど、箱根とかなら……。いや、箱根は老舗旅館が多いから、もっとチープなところの方がいいか。

旅館やホテルじゃなく、ペンションとかだったらきっと安全だ。

有給は消化するようにと言われているから、仕事の閑散期に休みを取ってゆっくりしようかな。

シンはついて来るだろうか?

いや、きっとその頃にはもう俺には飽きているだろう。

そうしたらまた今まで通り、ひっそりとした平穏が訪れるはずだ。

明日の帰りは、また待ち伏せされるのだろうか?

明日誰かと、と考えたのは久しぶりだな。こっちへ引っ越してきてからは友人を作る暇もなかったし、今の会社はハードで同僚と遊びに行くということもなかったから。

でもいけない。

シンに友情を感じるのは色んな意味で危険だ。

彼は迷惑な人、と思っておかなくては。俺にとって『独り』が通常モード。誰かを求めたりしない。

何を言われたって、どうせすぐにいなくなる人なのだから……。

翌日、出社するといつもの仕事が待っていた。

キーボードを叩くだけの仕事。

政府の持ってる紙の書類が無くなったらこの仕事も終わるのかと不安に思ったことがあったが、どうやらそれはまだまだ先のことらしい。

デジタル化、デジタル化と叫ばれても、セキュリティが強化されない限り、諸手を挙げてそちらへ流れるということはないのだろう。

「今日で何とか終わりそうだな」

「次は厚労省の書類が来るって噂《うわさ》だぜ」

「数字だといいなあ。人名だと変換で出ないのもあるんだよな」

「先のことより今だよ。何とか今日中に終わらせようぜ」

昼休みにそんな会話が出た通り、いつも通り定時を過ぎてからだが今回の仕事がようやく終わった。

最後の打ち込みをしていた人間が「終わった！」の一言と共にバンザイすると、フロアから拍手が起こった。

「やれやれ、やっと明日からは定時上がりだな」

「日高、俺達飲みに行くけど一緒に来るか？」

仕事アップの打ち上げなので、これにはいつも参加する。ここで辛かった仕事の愚痴を言い合うまでが仕事のルーティンなのだ。

だが、この日は違った。

「はい、行きま……」

同意の返事をしかけた俺に、猪口課長が声をかけてきたのだ。

「悪いが、日高くんは遠慮してくれ。ちょっと話があるから」

課長が個人を呼び出す時は、別な仕事を押し付ける時か、失敗を注意する時だ。

今回は既に仕事が終わっているし、きっと後者だろう。

課長の小言はネチネチと長いのを知っているので、皆は俺の不参加を不満に思うどころか憐《あわ》れみの目を向けた。

「じゃ、また明日な」

けれど、同情はするが係わり合いたくはないとばかりに、そそくさと部屋を出て行ってしまった。

「取り敢えず、別室に行こうか。ここは閉めないといけないから」

皆が出て行ったのを確認してから、課長が俺をオフィスから連れ出す。

向かったのは、入社面接の時に入った応接室だった。

「座りなさい」

官公庁のお偉方も通される部屋なので、無駄に豪華なその部屋で、課長はレザー張りのソファを指さした。

「あの……、何かミスがありましたでしょうか？」

俺はソファに腰を下ろすと、向かいに座った課長に問いかけた。

「いや、仕事は万全でした。むしろ日高くんは他の者より勤務態度も真面目で、手も速いと思います」

「ありがとうございます」

お小言ではないとすると、ひょっとして昇進？

一瞬期待したのだが、次の一言で淡い期待は弾け飛んだ。

「それだけに残念です」

「残念……？」

次に来る言葉を予測して、心臓が激しく脈打つ。

まさか……。

「君とのお付き合いが今日まで、というのは」

……やっぱり。

「それは、クビということですか？」

「そうです」

課長はあっさりと肯定した。

「どうしてでしょうか？　仕事にミスはないとのことでしたが」

順調だと思っていた。真摯に働いていた。なのにクビになるのか？

「上からの命令です。日高隼人の雇用を中止するように、と。君、ひょっとして犯罪歴とかあるんじゃないの？」

課長はメガネの奥で蔑《さげす》むような視線になった。

「困るんだよね、そういうのはちゃんと教えてもらわないと」

「犯罪などしたことはありません。調べていただければすぐにわかります」

「おや、そう？　じゃ犯罪スレスレのことでもしたんじゃないか？　でなければ『上の方』の不興を買ったとか。ま、君が『上の方』と出会う機会もないだろうけど」

上からの命令……。

理由の説明もない理不尽な解雇。

「解雇の場合は、三十日前に予告をしなければならないはずです……」

「それはもちろんわかってますよ。でも三十日分以上の平均賃金を退職金として払えばいいんですよね？」

「解雇理由は客観的かつ合理的で、社会通念に従ったものでなければならないのでは？」

「よく知ってますね。過去にも経験があったんですか？　だがそれは表向きですよ。実際には通用しない場合もあります」

「法律ですよ」

強く出たつもりだったが、彼は笑い飛ばした。

「たとえば、君が会社のお金を着服していたとしたら、客観的かつ合理的で、社会通念に従ったものになるでしょうね」

「捏造《ねつぞう》する、ということですか？」

「我が社は問題を歓迎しません」

課長はそう言うと分厚い封筒を俺の目の前に置いた。

「君も、犯罪者になったり、裁判で無駄金を使いたくはないでしょう？　それくらいなら黙ってこれを受け取った方がいいんじゃないかな」

厚さから見て少なくとも百万以上はあるだろう。一カ月分の給料以上どころか三倍以上はあるってことだ。

課長の脅しは脅しでは済まないだろう。

会社自体が工作しようとするなら、たかが一社員の俺が違うと言っても横領の証拠など幾らでも捏造できる。

訴えても無駄。訴えて金は取れたとしても、再びここに勤めることは無理。

だとしたらこの金を受け取るしかない。

「辞職するのについて、条件を飲んでくださるなら、辞めましょう」

「条件？」

「俺の離職理由は、体調不良ということにしてください。次の仕事についた時に、いかがわしい理由で退職させられたというのは困りますので」

「それぐらいならいいでしょう」

俺は首にかけていた社員証を外してテーブルの上に置くと、引き換えに金の入った封筒を受け取った。

「お世話になりました」

「次は上手くやれるようにお祈りしておきます」

軽く会釈をし、応接室を出る。

……下請けの下請けだったらひっそりとやれると思ったんだけどな。

力というのはどこまでも繋がっているらしい。

特に持って帰る備品もないので、俺はそのまま会社を出た。

もう同僚達の姿はどこにもない。親しくしていたわけでもなかったが、別れの挨拶ぐらいはしたかったな。

明日の朝、オフィスに姿を見せない俺に対して、彼らはどう思うだろうか？　課長に呼び出された後の退社となれば、問題を起こしたと思われるだろう。

もう二度と会わないであろう人達だからどう思われてもいいか。

それよりこれから先、どうしたらいいのか考えないと。

「隼人」

ため息を一つついた時、シンの声が響いた。

「また遅かったね」

にこにことした笑顔。

彼は友人じゃない。

友人じゃないけど、落ち込んだ気分の今、一人じゃないのはありがたかった。

彼は、無関係。

それがとてもありがたい。

「どうした？　ボーッとして。仕事大変だったのかい？」

シンは俺の肩に軽く手を置いた。

「仕事……」

その手を振り払わずにいると、彼は俺の顔を覗き込んだ。

「具合が悪いのか？」

「仕事……、クビになりました」

「え？」

肩にあった手が、ピクリと動く。驚いたんだ。まあそれもそうか。

「飲みに行きませんか？　今日は俺が奢りますから」

「いや、それはいいけど。大丈夫か？」

「大丈夫です。でも飲みたい気分なんです」

「わかった。じゃ、静かなところがいいだろう。おいで」

シンを信用してはいけないとわかっているのに、今は一人になりたくなかった。

自分のアパートに戻っても、膝を抱えて暗く落ち込むだけだ。それなら、無関係な人間と酒を酌《く》み交わす方が気が紛れる。

誘われるままタクシーに乗り、俺は会社から離れた。

もう二度と通うことのない会社から。

振り返ることもせずに……。


タクシーが向かった先は、都心のマンションだった。

マンション……、だよな？

直方体のビルじゃなく八角形の建物で、入口には黒い鉄柵があって、周囲は高い壁と木々に囲まれてるけど。

「……どこです、ここ」

「住所？」

「いやそうでなく、どういうところなのかって意味です」

「どういうって、マンションだよ？」

「だから誰のマンションなんですか？」

「俺の」

「は？」

シンはそう言うと先に立って中に入った。

もちろん、入口の自動ドアの横には暗証番号を打ち込むボタンがあった。けれど彼は番号を打ち込むことなくキーケースを翳《かざ》すだけでドアを開けた。

「早くおいで」

と言われて後を追う。

後ろでガラスの扉が閉まってから、入るべきではなかったかもと後悔した。

何か、逃げ場所がないというか、高級過ぎて怖くなる。

「ここに住んでるんですか？」

「そう」

「最上階？」

「残念ながら二階。最上階だと逃走ルートが確保できないから」

何故逃走ルートを確保するのかとは訊くまい。

入ってすぐ左手にあるエレベーターに乗り込み、二階へ。

外から見た建物はかなりの大きさだったのに、降りた場所にある扉は一つだけだった。

つまり、ワンフロア一部屋ということだ。

「どうぞ」

そのたった一つの扉を開けて中に入り左手に曲がると、もの凄い広さのリビングダイニングが広がっている。

彼が泊まっていた高級ホテルの方が見劣りするぐらいの広さだ。

ガラスのテーブルに黒いレザーのソファ、壁には巨大なテレビモニターがありその両側に独立したスピーカー。あれってきっとウーハーがどうとかってヤツだ。

壁にはよくわからないけれどきっと高いだろうと思われる絵が飾られ、部屋の隅にはガラス張りの飾り戸棚。中にはやっぱり高そうなベネチアングラスっぽいものが飾られている。いや、きっと本物だろう。

「……殺し屋って、儲かるんですか？」

「ピンキリかな。俺は儲かる方」

「……俺、やっぱり帰ります」

「どうして？」

「気後れします、こんなところ」

「気にする必要はないさ」

「気にしますって！　何を見ても高そうで、落ち着きませんよ」

「偽物だよ」

「嘘ばっかり」

「ホントさ。それっぽく見せてるだけ」

にっこり笑ってみせるけれど、信じられない。

「クビになった愚痴が言いたいだろうな、と思ったからウチに招待したんだ。店の中じゃ言いたいことも言えないだろうと思って。ここなら『バカヤロー！』って叫んでも大丈夫だよ」

そんなこと考えてくれたのか……？

いや、ほだされちゃダメだ。

「ここにプライベートの人間を入れるのは隼人が初めてだな」

ほだされちゃ……。

「食事、簡単でいいか？　冷凍食品だけど種類はある。酒はそこの棚から好きなの出していいよ。ビールも冷えてるけど」

示されたのはウッディなサイドボード。これも金の象眼のされた高級品だ。

「グラスと氷を持ってこよう。座ってて」

背中を向けたシンは、この部屋にとてもよく似合っていた。まるで映画のワンシーンみたいに。

何だろう。

何かもうどうでもよくなってきた。

あまりにも世界が違い過ぎて現実味がないせいだ。

「料理、手伝います……」

今日でなければ、きっと彼が離れた隙に逃げ出していただろう。

でも今日は、一人になりたくない。

これまた美しく高級感のあるキッチンで、とても冷凍食品とは思えない料理を温め、グラスと氷を持ってリビングに戻った頃には、もう全てを諦めた。

シンの存在自体が非現実的なんだ、非現実的な部屋だって仕方がない。

むしろ今は現実から乖離《かいり》した場所にいる方が気が楽だ。

ソファに並んで座り、俺が自分で選んだバーボンの水割りに口を付ける。

料理より先に口にした酒は、辛《から》くて、冷たくて、喉をスッと流れてゆく時に熱を感じさせた。

「突然クビって、何があった？　確か今は突然の解雇は許されないはずだよね？」

彼は同じものをロックで飲み始めた。

「三十日以前に予告、ですね。でも今辞めないと酷い目に遭《あ》わせると言われました」

「酷い目？」

「横領を捏造して懲戒解雇、です。はっきり言われたわけじゃないですけど」

「音声を録っておいたら訴えられるんじゃないか？」

「録っていたらね。突然呼び出されたのでそんな準備もできませんでした」

「どうしてそんなことになったんだ？　理由に心当たりは？」

「ないわけじゃないですけど、もういいです。それより次の仕事を探さないと。退職金は貰いましたが、遊んで暮らせる額じゃありませんから」

テーブルの上の料理は、シェファーズパイとチキンのハーブソテーにレバーケーゼとバケット。

これが全部冷凍食品というのは驚きだ。

しかも、美味しかった。

「怒ってないのか？」

「怒ってますよ。怒ってないわけないじゃないですか」

「あんまり怒ってるように見えないなぁ」

「怒鳴り散らせば怒ってるように見えます？　でも怒鳴ったってどうしょうもないでしょう」

「ストレスの発散にはなる」

「それで他人に迷惑をかけて、怒られて、余計鬱々《うつうつ》とするだけです」

「隼人はホント、理性的だな」

「無駄なことはしないだけです」

「無駄？」

「うちの会社は官公庁の下請けの下請け。つまり上には役人や政治家がいるわけです。そういう人達に天涯孤独の無職の若造が嚙み付いたってどうにもならないでしょう？　俺はね、わかってるんです。自分がちっぽけな人間だって。でもそれでもいいんです。ちっぽけな人間だからダメってことはないんですから」

「まあね」

「そうですよ。あなたみたいに特別変わった人生じゃなくていいんです。あなたは高級ホテルに連泊できるくらいお金持ちかもしれませんが、俺にはあなたの仕事はできない。政治家や経営者にだってなりたくない」

「じゃ、隼人は何になりたいんだ?」

「特にはありません」

彼の顔が残念そうな表情を作る。そう見えただけかもしれないが、期待外れと思われたような気がした。

「あのね、特別がいいわけじゃないんですよ。他人から特別だと思われなくても幸せはいっぱいあるんです」

いつの間にかグラスが空になっていたので、手酌で追加を注ぐ。

「俺は『何か』にはなりたくないけど、幸せにはなりたい」

「隼人の考える幸せって何?」

「生きていくのに十分なくらい稼いで、休みの日には本を読んだり遊びに行ったりすることです。そのために今は一生懸命働くんです。好きなことを仕事にできればいいかもしれませんが、俺は仕事にしたいほど好きなことはない。だから好きなことをするために仕事をするんです」

「なるほど」

頷きはしたが、賛同しているようには見えなかった。

この人の表情は、いつもどこか嘘臭い。騙しているというのではないけれど、可もなく不可もないように振る舞ってるみたいな。

「シンさんは何で働いてるんです？」

「俺？　俺は暇潰しかな？」

「暇潰し？」

彼も二杯目を注ぐ。

俺の方がペースは速いけど、彼はロックで俺は水割りだから酔いのペースは同じだろう。

彼より先に酔わないようにしよう。

「毎日が退屈だった。生きていくのに働かなくちゃならなかったが、何をしても退屈だった。そんな時に初めてこっちの仕事を頼まれた」

「誰から？」

「それはヒミツ。ターゲットはクソみたいな奴だったので、良心の呵責は感じなかった。最初はビビってたけど、計画を練ってるうちに楽しくなってきた。失敗したら死ぬわけだから緊張感も感じた。大金も貰った。それで次の仕事も引き受けた」

「……どんな人間だって、いい面と悪い面がありますよ。その人が死んで泣いた人もいるのでは？」

「いたかもな。でも生かしておけばもっと泣く人が増えただろう。どっちがいいかなんてわからない。俺がどっちがいいかを決めた」

「あなたが神様？」

問いかけると、彼は笑った。

「神様なんていないよ」

そしてドキッとするほど真剣な顔で俺を見る。

「神様はいない。人間という生き物がそれぞれの考えで行動しているだけだ。戦争を起こす人間にも理由はあるだろう。ある人にとってそれは正義で、ある人にとっては悪になる。善悪を決めるのはやっぱり人間だ。そして俺も人間で、決定権を持っている」

「人の命を奪う？」

「そう」

俺は小さく首を振った。

その考えは受け入れられない、と。

「信じた？」

「……嘘なんですか？」

「本当は貧しい土地で育って、これしか仕事がなかったからだ。悪の親玉に拾われて、逃げることもできない」

「それは本当ですか？」

俺が訊くと、彼は肩を竦《すく》めた。

「どれでも、隼人の好きな話を信じればいい。実は代々この仕事をしていて、俺で五代目っていうのもあるよ」

「もういいです。作り話は」

彼が俺に何でも正直に答える義務はないのだが、嘘を聞くつもりもない。

「聞いたって楽しいもんでもないし、俺もよくは覚えてない、ってのは？」

「一番真実に近そうなので、それでいいです」

「知りたいってわけでもないんだ？」

「疑問を口に出してるだけです。真実なんて、知らない方がいい時もありますし、真実がどうでも関係ないってこともありますから。ただ、わけもわからず翻弄されるのは嫌いなんです」

「なのに突然のクビ切りは受け入れる？」

「足掻《あが》いても無駄ですから。それに、理由なんて知ったって現状は変わらない」

受け入れるしかない、は受け入れたいと同義語ではない。

努力して変わる可能性があるなら頑張るが、変わらないとわかっているなら次の事に力を注ぐ方が有効だ。

「まあブラック企業だったんだからさ、辞めてよかったじゃん。いっそ田舎へ引っ越してのんびりするっていうのもアリかもよ」

「田舎は嫌いですから引っ越しません」

「そうなの？　意外」

「俺は都会のが好きです。都心じゃなくて、市街地ってぐらいが」

「どうして？」

「便利じゃないですか。それに……」

言いかけて、俺は言葉を飲み込んだ。

「それに？」

問いかけに答える代わりにもう一杯作って口を付ける。

それで答えたくないという意思表示のつもりだったのだが、彼はもう一度訊いた。

「それに？」

「……偏見かもしれませんが、田舎は閉鎖的で好きじゃないんです」

「住んだことあるの？　それで嫌な思いをした？」

「いいえ、住んだことはありません。だから偏見かもしれないって言ったでしょう。田舎だと新しい勤め先を探すのも大変でしょうしね。明日っからはハローワーク通いです」

「暫くゆっくりすればいいのに。仕事がなくなったなら、俺と遊ばない？」

「遊べるほどゆとりはないです」

「じゃ、俺と一緒に遊ぶという仕事する？」

「何です、それ」

「言葉の通りさ。一人で行っても味気無い場所に隼人と一緒に行きたい。付き合ってくれたら報酬を払う」

「ガイドみたいなものですか？」

「隼人にガイドは無理だろ。俺よりものを知らないし。言うならコンパニオンみたいなものかな？」

「お金を払って付き合ってもらうのって虚しくないですか？」

「じゃ、タダで付き合ってくれる？」

「場所によりけりです」

「どんなところだったらいいんだ？」

「テーマパークとか、大型温泉施設とか？」

真面目に答えたつもりだったのに、彼はゲラゲラと笑った。

「いいよ、じゃそういうトコ」

「何で笑うんです」

「大人の男が選ぶ場所にしては可愛いと思ってね」

「いいじゃないですか。行ったことないんですから」

「そうなんだ。他にはどこに行ったことがない？」

そこからは、他愛のない話題に移った。

ゴルフとか釣りはどうだと言われて、どっちもやったことはないと答え。ホテルのプールはどうだと言われれば、高校の授業以来泳いだことがないと答える。

彼の仕事のことも、俺のクビのことも、もう話題には出なかった。

俺は真実が聞けないなら質問しても仕方がないからだったが、シンは気を遣ってくれたのかもしれない。

バーボン以外も飲んでみたらと言われ、ちゃんとボトルでアルコール度数を確認してからウイスキーやブランデーも飲んでみた。

目の前で作ってくれるから大丈夫だろうと、彼が作ったカクテルにも手を出した。

シェイカーを振るシンがカッコイイな、と思ったのは覚えている。

「酔ってきた?」

「まだ大丈夫です」

いつもなら金銭的な理由もあってそんなに飲まないのだが、今日は止まらなかった。

飲んでも、飲んでも、酔った気にならなかったせいもある。

受け入れるしかないと思っていても、やはりクビはきつかったのだろう。

これからもこんなことがあるんだろうな、という不安の方が大きくて先のことを考えるのが怖い。

次の就職先をどうやって探そう。もし見つからなかったらどうしよう。保証人もおらず、中途採用ではあまりいいところは望めないだろう。

それに、俺にはもう一つ就職先を選ばなくてはならない理由がある。

今回の会社は、その選択理由の中でも安全だと思っていたのにこの結果だった。

不安。

恐怖。

それを打ち消したくて、酒を飲み続けた。

「酔った隼人も可愛いな」

「酔ってないって言ってるでしょう」

「酔ってるヤツって皆そう言うよね」

「だから、酔えないんですって」

これからのことは明日考えよう。

今日は、たとえ殺し屋であっても、『誰か』が側にいて話し相手になってくれていることに感謝するべきだ。

「ホントに酔ってない?」

「酔ってませんよ、しつこいな」

「でも顔が赤い」

シンの手が、俺の頬に触れた。

氷の入ったグラスを持っていたせいか、冷たくて気持ちいい。思わず頬を擦り寄せるとバランスが崩れて倒れそうになった。

「おっと」

抱き留められて体勢を立て直す。酔ってないと思ってたけれど、やっぱり酔っているのかも。

「あんなに警戒してるのに、隼人は時々驚くほど無防備になるな」

手が、強引に顔を横に向けさせる。

シンの顔って、彫りが深いな。目が真っ黒だ。そう思った途端、その顔が近づいてきて唇を奪われた。

「ン……」

この間の唇を当てただけのキスとは違う。

舌が入り込み、口の中を荒らす。

これってディープキスだ。俺はシンにディープキスされてる。

ファーストキスに続いてセカンドキスまで相手がこの男なのか？

ショックを覚えると共に、口の中でねっとりと動く舌の動きに目眩《めまい》がした。

押し出そうとしても上手くいかない。舌を甘く嚙まれて吸い上げられ、だんだん気持ちよくなってくる。

強く抱き締められ、ふわふわした気分になる。

それが彼のキスのせいではなく、酔いが回ったせいだと気づいた時には、もう睡魔が俺を捕らえていた。

「隼人?」

外に吐き出すことのできなかったストレスのせいで張っていた気が、このキスでプツンと切れて一気に酔いが回ったのだ。

「抵抗しないと『やっちゃう』ぞ」

やる……、『殺《や》る』……?

「……殺さないで」

あ、違う。シンの言葉なら『姦《や》る』だ。

「やだ……」

どっちにしても嫌だと思っているのに、俺は彼の腕の中に寄りかかるようにして目を閉じた。

強い眠気に抗《あらが》うことができなくて……。

子供の頃から、自分の家があまり裕福ではないことはわかっていた。

父親はいなかったし、母親の稼ぎだけしか得られない。その母の仕事は近くの食堂の手伝い。

住んでるのは六畳一間のアパート。

それでも、ちゃんとした生活はさせてもらっていたと思う。

母は、とても美人で優しい人だった。

再婚の話も何度か持ち上がったのだが、母は全部断っていた。

俺というコブがいるからかと訊いたことがあったが、彼女は笑って否定した。

「男はもうこりごりなの」

食堂のおばちゃんが言うには、きっと俺の父親は酷い男だったんだろうということだった。

酒飲みとか、博打打ちとか、女癖が悪いとか。だからもう男を必要としないのだろう。

そんな男にしたくないから、あんたを大切に育てているんだろう、と。

だったらその願いを叶えてあげたい。

父親が母を不幸にしたのなら、息子の俺が幸せにしてあげよう、と。

高校に入ると、バイトをして家計を助けた。

家事だって、何でもできるようになった。

大学へは行かずに働くつもりだったのだが、母は進学を望んだ。

お金なら今まで貯めてきた分がある。だからちゃんとした大学へ行って欲しい、と。

今思うと、そのお金は母が貯めたものではなかったのかもしれない。でも当時は母の言葉を信じて、ありがたく大学へ通わせてもらった。

もちろん、バイトをして、家に金を入れることも忘れずに。

頑張って幸せにしてあげたかったのに、それは叶わなかった。

母は俺が大学在学中に病気で亡くなったから。

最期の時、母はやっと俺の父親のことを教えてくれた。

最低とは言わないけれど、よい父親ではなかった。

もう縁も切れているし、ずっとそうだと思った。

ただ、母が亡くなったことだけは伝えたいと思って、手紙を書いた。

それが間違いだったのだろう。

自分には、父親はいない。

親戚もいない。

これから先は一人で生きていこう。

それでもいつか、自分と一緒に歩いてくれる人が見つかるかもしれない。そうしたら俺はその相手を大切にする。

そんな相手が見つからなかったとしても、一人で生きることを楽しんで生きていこう。
そう思ってずっと頑張っていたのに……。

頭が痛くて、目を開けるのが億劫《おっくう》だった。
何とか薄目を開けると、目の前には大きなポスターが貼られていた。
いや、違う。
これは写真じゃない、現実だ。
だが一瞬ポスターだと勘違いしたのも当然だろう。
少し長めの髪を乱し、上半身裸のままコーヒーを飲んでいる美形の男。
引き締まった筋肉はモデルばり。
立ってるだけなのに、男なのに、綺麗だと思わせる光景が目に入ったのだから。
シン、だ。
そこにいる男がシンだとわかって、俺はそっと目を閉じた。
何でシンが俺のアパートに？
いや、今見た彼のバックは俺のアパートなんかじゃなかった。高級感溢《あふ》れる佇《たたず》まいが俺のアパートであるわけがない。

まだぼんやりしている頭を何とかフル回転させ、記憶を呼び覚ます。

昨日は会社でクビを言い渡されて、シンに会って、彼のマンションへついてきた。

ということはここは彼のマンションの部屋だ。

酒を飲んで、いっぱい話をして、なかなか酔わないからどんどん飲み続けていたら、突然彼にキスされた。

キス！

そうだ。

ディープキスをされたのだ。

思い出した瞬間にパッキリ目が覚めた。

『抵抗しないとやっちゃうぞ』

同時に、最後に聞いたシンのセリフも思い出す。

心臓がバクバクする。

キスされた後の記憶がない。

どう考えても、ここはベッドの中。

まさか……。

俺は布団の中でそっと自分の身体に触れてみた。

スーツを着ていたはずなのに、直に胸に触れられるのは何故だ？　スーツは？　ネクタイは？　ワイシャツは？

更に下に手を伸ばすと、パンツも穿《は》いていなかった。

「隼人？　起きた？」

シンに声をかけられ、俺は布団を撥《は》ね除けて起き上がった。

「い……、意識のなくなった人間を襲うなんて……！」

勢い込んで怒鳴りつけると、彼は目を丸くしてから意地の悪そうな顔をしてベッドに腰掛けた。

上半身裸のまま。

「酷いな。覚えてないのか？」

「覚えてない！　何をされても記憶にない！」

「全然？」

「全然！」

「酔ってリビングで戻して、風呂に入れてあげたことも何にも？」

「酔ってリビングで……！　……戻した？」

シンがこれみよがしにため息をつく。

「そりゃあもう大変だったよ。突然寝ちゃったからそのままにしておいたら、気持ち悪いって言い出して、トイレに連れて行く前に戻しちゃって」

「嘘……」

今まで酔って戻したことなんてない。

でも昨日は『今まで』にないくらい飲んだのは確かだ。

「トイレに運んですっきりさせたけど、スーツも汚れてたんで脱がしてシャワーでざっと流してあげて」

「嘘……」

「裸は見たけど、それはまあ不可抗力だな。服を着たままシャワーを浴びることはできないんだし。あ、スーツとシャツは洗濯してあげようかと思ったんだけど、こうなるかと思ってそのままにしてあるよ」

「そのまま……？」

「汚れたまま。見る？」

頭がクラクラする。

え？　何、俺ってば本当にそんな醜態《しゅうたい》を？

「第一、寝てる人間を襲うなんて、そんなつまんないことはしない。セックスは相手の反応を楽しむものだからね」

俺が呆然《ぼうぜん》としていると、シンは部屋を出て行き、すぐにビニール袋に入った何かを持ってきた。

「俺が開けるのイヤだからこのままどうぞ」

袋を受け取り中を覗き……込もうとして漂う臭いにすぐ口を閉じた。

饐《す》えた臭い。明らかにマーライオン後の臭いだ。袋から透けて見える布の色はどう見ても俺が昨日着ていたスーツの色と一致している。

サッと血の気が引いてゆく。

「はい、俺のでよければパンツをどうぞ」

ポン、と置かれたグレイのボクサーパンツが目に痛い。

「あの……」

「ん？」

「大変ご迷惑をお掛け致しました……」

「うん」

「掃除は謹んで俺が……」

「もう終わってるから大丈夫」

にこやかなだけに、醜態の代償が怖い。

「パンツ、穿かないの？」

「穿きます。……ありがとうございます」

パンツを摑んで布団の中で穿こうとしたのだが、その手を上から握られる。

「ベッドから出ておいで」

「まだ穿いてないです」

「穿く前に出ておいでと言ってるんだよ。ぜひ目の前で穿いてくれ」

悪魔の微笑み。

「男同士なんだから、いいだろ？　それに見るべきものはもう昨日シャワー使った時に見ちゃったから。平均サイズだね」

ぐぬぬぬ……っ。

この男の前に一糸纏《まと》わぬ姿を晒さなければならないのか。

落ち着け、俺。彼が言った通り、男同士じゃないか。銭湯へでも行った気になれば同性に裸を見られるなんて何ともないことだ。

「お触り禁止ですよ」

「お触り……」

俺の言葉に彼は吹き出して笑った。

「はい、はい。見てるだけにするよ」

見られても嫌なのだが、仕方がない。

勢いをつけて布団を捲《めく》り、ベッドから下りると彼に背を向けて俺はパンツを穿いた。

人に見られながらパンツを穿くという行為がこんなに恥ずかしいものだとは。

取り敢えずパンツだけとはいえ、身につけるものができたので、俺は彼に向き直った。

シンはまだにやにやしながらこっちを見ている。

「いいねぇ。パンツ一枚穿くのにそんなに恥ずかしがるなんて。ウブでいいなあ」

「あなた以外の人だったら恥ずかしがりもしませんよ」

「俺を意識してる？」

「危険人物として」

「それは酷い」

彼は俺の腕を取って引き寄せると隣に座らせた。

「お触り禁止って言ったでしょう」

「それはパンツを穿いてる間だけのことだろ？　そこはちゃんと守ったぞ」

顔が近づく。

またキスされるかと思って俺は彼の口を手で塞いだ。

「接近禁止です」

その手を、ペロリと舐《な》められる。

「ひっ」

慌てて手を離すとシンはにやりと笑った。

「今のは隼人から触ったんだからいいよね？」

「舐めるのは禁止です！」

「俺の昨夜の苦労を労《ねぎら》ってくれないのか？　後片付けや、死体みたいな君にシャワーを浴びさせるのは大変だったのに」

う……、それを言われると。

「隼人からのキスがあってもいいくらいなのに」

「そんなこと、絶対にしません」

「それなら一緒に風呂に入るか？」

「どうしてそうなるんですか！」

彼の笑顔には幾つかの種類がある。悪魔のような笑みに企《たくら》みを持つ笑み、意地悪な笑みにとってつけた仮面のような笑み。そして子供みたいな全開の笑い。

今目の前で見せているのは、子供みたいな笑顔だから笑われても許してやろう。

「いいね。隼人は嘘がなくて。媚《こ》びもなければ計算もない。惚れちゃうなぁ」

立ち上がると、彼は壁に埋め込み式のクローゼットを開けてジャージの上下とTシャツを取り出し、俺に投げた。

「俺の服はサイズが合わないだろうから、それを着るといい。まずはちゃんと風呂に入っておいで。その間に朝食を用意するから」

「お風呂も朝食もいいです。服はお借りしますが」

「意識のない身体をまさぐられるのは嫌だろうと思ってちゃんと洗ってないんだ。髪とかに何か残ってるかもよ。それに、昨夜食べたものは出しちゃったんだし、空腹だろう」

言われると、確かにお腹が空いてるような気がする。

「風呂場に乱入してきたりしませんね？」

「一緒に入って欲しいならそう言えばいいのに」

「違います！」

もういい。何を言ってもからかいのネタにされるだけだ。

ここはおとなしく言うことを聞いておこう。

「これは御褒美」

立ち上がってジャージを抱えた俺の背後から、半裸の彼に抱き締められても、我慢だ、我慢。

「さ、バスルームに案内しよう」

何故かそのまま手を握られ、バスルームまで手を繋いで案内された。バスルームの使い方を教えたら、すぐに出て行ってくれたけど。

言われた通りのボタンを押してお湯が溜まるのを待ちながら、身体を洗う。

大きな円形の浴槽を含め、バスルームまでゴージャスだな。ここが本当に友人の家だったら、ゆっくりくつろいでしまっただろう。

でもここを出たら、俺はあの狭いアパートに戻らなければならない。

シンとの時間は夢のようなものだ。

昨夜の彼は優しかった。それが芝居だったとしても、俺の話をちゃんと聞いてくれて、気遣いも見せた。一緒にお酒を飲む相手がいてよかったとも思った。

目が覚めた時に見た彼の姿を艶《あで》やかで美しいと感じた。

でも彼は自分とは違う世界の人間だ。

彼が自分を狙ってるようなことを言っても、それはからかってるだけのこと。それを忘れてはいけない。

結局、俺は『独り』になるのだから。

髪を乾かしてからジャージを着てリビングに戻ると、テーブルの上には中華粥と揚げパンが用意されていた。

「レトルトと冷凍だけど、お腹に優しい方がいいよね？」

至れり尽くせりだ。

そして俺は昨夜はガラスのテーブルの下に敷いてあったラグが無くなっていることにも気が付いた。

俺が汚したからだと察して、俺はその場で土下座した。

「シンさん。昨夜は本当にご迷惑をかけました。すみませんでした」

「そんなにかしこまらなくても」

「いいえ、悪いことをしたのなら謝るべきです。変なことをしたと疑ったのは、シンさんの今までの素行のせいですが、俺の醜態の後始末をしていただいたことは謝罪させてください」

「真面目だなぁ。わかったよ、謝罪は受け取ったから、まずは食事をしよう。その後でアパートまで送ってあげるから」

「いいえ、電車で帰ります」

「自分の今の格好わかってる？」

「シンさんのジャージはいい物なので、これで歩いても平気だと思います」

「彼シャツ状態なのに？」

彼シャツって……、彼氏のシャツを女の子が着ることだよな？　その状態って……。

ウエストは紐で締めてもズボンの丈は長くて、足首で溜まっている。上着の方も袖が長くて折り返しているし、Tシャツも長くて腰が隠れている。

まさに彼シャツ状態そのものじゃないか。

「それに革靴履《は》いて帰るんだよ？」

その通りだ。会社帰りにここに来たから、靴は革靴だ。

ぶかぶかのジャージに革靴で電車に乗る。それはキツイかも。

「……送ってください」

と言うしかないだろう。

「わかってくれてよかった。それじゃ、食事をしようか」

「はい」

別に彼が仕組んだわけではないのだけれど、全てが彼の言う通りになってしまう。

このままだと、他のことも彼の思い通りにされてしまうのではないだろうか？

職を失った不安よりそちらの不安を感じながら、俺はお粥を口にした。

だって、俺の中にシンを『殺し屋』として認識する意識が消えかかっていたから。

いい人なのかも、と思う気持ちが芽生えていたから。


食事を終えると、彼の車でアパートまで送ってもらった。

汚れたスーツを触るのが嫌だし証拠だからと言っていたが、そのスーツのポケットに退職金も財布も定期もカギも入っていたので、そのままにしてもらっておいてよかった。

そのまま洗濯機に入れたりクリーニングに出されていたら大変だ。

饐えた臭いのするビニール袋の中に手を突っ込んでそれらを出すのも大変だったけど。

「今日は部屋に入れてくれるよね？」

食事と酒を提供してもらって、愚痴を聞いてもらって、醜態の後始末もしてもらって、服を貸してもらって、家まで送ってもらっている身としてはノーとは言えない。

「あの部屋を見ちゃうと、俺の部屋なんか物置にしか見えないと思いますがそれでもよければコーヒーくらい出します。ちなみにコーヒーはインスタントです」

「いいね。最近インスタント飲んでないから。そういえば昨日の仕事の話は進めていいのかな？」

「仕事？」

「健全な遊び相手」

「仕事にしていいんでしたら、一週間ぐらいは付き合います。でもその後は求職活動するので遊びには付き合えません」

「『仕事にしていいんでしたら』か。仕事じゃなく付き合いたいって言われてるみたいなセリフだな」

「相手があなたでなくとも、遊びと仕事を一緒にするのは好きじゃないだけです」

「俺も同じ考えだが、一週間は仕事にしよう。そうすれば隼人に報酬が払える」

こういうことを言うから、親切なのかと誤解してしまうのだ。

彼にとって、はした金で恩を売れるというだけなのに、俺が無職になったことを気遣ってくれたと。

「何だったら、一緒に住む？　部屋は余ってるし、家賃タダだよ」

「落ち着かないですから結構です」

車はほどなくアパートに到着し、シンは近くのパーキングに車を停めるというので、俺は先に降りて部屋に向かった。

早く自分の服に着替えて、このスーツを何とかしないと。というか、彼が来るまでに着替えを済ませてしまいたい。

階段を駆け上がり、部屋に入ると、俺は即行で着替えた。

やっと住み慣れて自分の居場所と思えるようになったこの狭い部屋に、シンが入ると違和感しかないだろうな、と思いながら。


俺の部屋に、シンは似合わなかった。

長い脚を持て余して胡座《あぐら》を組んだ彼は、俺の部屋を可愛いと笑った。

ええ、そうでしょうとも。俺にとっては生活の全てでも、あなたにとっては可愛い小部屋程度でしょう。

長居されるかと思ったが、本当にシンはコーヒー一杯で帰って行った。

グイグイ来るけど、しつこくはないんだな。

「一人でも大丈夫そうだから帰る。明日また迎えに来るから」

そんな言葉も優しさに感じる。

ダメだな。俺が女の子だったら簡単に籠絡《ろうらく》されそうだ。

でも俺は男だし、彼の正体は知ってるし、彼が自分を好きになる理由はないこともかかっているだけだということもわかっているから大丈夫。

ただ、クビも辛かったが、その後に続く出来事も強烈だったから、落ち込んでる暇がなくなったことには感謝しておこう。

一人になって、会社から貰った封筒を確かめると、百万円入っていた。

失業手当を申し込めない自分にとってはありがたいことだ。

新しい仕事、か。

難しいな。

小さい会社は圧力に負けそうだし、大きい会社は繋がりがありそうだし。どんなところを探そう。

まずは求人情報誌でも手に入れようか。それともスマホのアプリで探した方がいいか。

会社をクビになったのは、きっと運が悪かったのだ。

余計な理由を考えることはない。

権力には正義はない。もしかしたら、上の人の縁故を入社させるために、天涯孤独の俺を追い出しただけかもしれない。俺になら何をしても他所から文句は言われないから。

今度は、しがらみのありそうな会社は避けよう。

考え事をしている間に、窓の外が暗くなっていることに気づいた。

買い物をして、駅前でタダの求人情報誌でももらってくるかと思って外へ出る。

集合郵便ポストから封筒が出ていたので、何となくそれを引き抜いてポケットに突っ込み、駅前へ向かう。

駅までの長い道程は夜の散歩道だ。

公園の横を通った時、そういえばシンと会ったのはここだったなと思い出した。

もうあんなことが起こるわけではないだろうが、何となく気が引けて中を突っ切るのは止めた。

ここいらは街灯が少ないし、古いアパートが多い。そのアパートの居住者に女性は少なく、老人が多く、俺みたいな金銭的余裕のない若者が殆《ほとん》ど。

時々ある大きな家は、その古いアパートの持ち主である地主の家なのだが、こちらも老人が多い。

子供達はとっくにこんな不便なところから出て行ってしまったのだ。

で、老人が亡くなると相続税の問題で家を潰してアパートにする。相続税が払える人間の家はそのままにして子供達が年を取ってから戻ってくる。

だからアパートと大きな家、というちぐはぐな景観になるのだろう。

大きな公園があっても街灯が少ないのはすぐに入れ替わるアパートの住人では自治体に要望を出すことはなく、金持ちは駅から離れているので車を使うからだろう。

監視カメラも、その大きな家の玄関ぐらいにしかないはずだ。

だから、シンもここを仕事の現場に選んだのかも。

そんなことを考えていると、正面からハイビームのヘッドライトを灯した車が走ってきた。ハイビームは普通の車のヘッドライトと違って光が目に入る高さになる。

しかも向かって来る車のライトは青く光度が強い。眩《まぶ》しくて車体も見えない。

こういうのは暴走族が多いんだよな。最近は危険運転の事件も多いし。

俺はなるべく道の端に寄った。

ところが、車は俺が視認できる近さになると、急にスピードを上げてきた。

本能が、危険を察知する。

あの車はヤバイ。

そう感じて、咄嗟に公園の花壇の中へ飛び込んだ。

車はスピードを落とさず、そのまま俺の横ギリギリを走り去った。もしも道路に立っていたら、端に寄っていても当たっていたのではないかと思われるくらいのところを。

「……あっぶないな」

最近はあんな連中が多くて……。

頭の隅に、ふと嫌な考えが浮かんだ。

……狙われた？

ばからしい。誰が、何のためにさえないサラリーマン……、じゃない無職の男を殺そうと考える？

嫌がらせぐらいならあり得るが、命を狙うようなハイリスクなことをする人間なんていないだろう。

命を狙う……。

その言葉にシンの顔が頭に浮かぶ。

シンが俺を消す気になった？

まさか。彼ならもっとスマートな方法を選ぶだろう。それに、俺が『彼が犯人だ』と叫んでも何にもならないことはわかっているはずだ。

でもシンの所属する組織みたいなのがあって、そこが彼の意志とは別に俺を排除しようと考えたら？

ばかばかしい。

突飛過ぎる。そんな組織があるなんてシンから聞いてないし、もしあったとしてもシンが俺を殺さないのと同じく目撃しか証拠のない俺を消す必要もないはずだ。

シンのことが好きな人間が、彼の側でウロチョロしてる俺が邪魔だと思うようになった、の方がまだ信憑《しんぴょう》性がある。

……轢《ひ》き逃げなんて素人っぽい手口に、その考えが急にリアルに思えた。シンは美形で、モテそうだし。

何にせよ、変な人間がウロついてるかもしれないのなら、警戒しておこう。俺は遠回りになるが車通りから駅へ向かった。

一抹《いちまつ》の不安を覚えながら。

そして、用事を済ませて戻ったアパートで、郵便受けの扉が開いているのを見ると、不安は更に大きくなった。

俺は中身を『引き抜いて』出て行ったはずなのに。

「何で……」

何かが起きた、と実感して。

あまりよく眠れなくて、翌日は朝早く起きてしまった。

食欲もないので、コーヒーだけを飲んでいると、チャイムが鳴った。

一瞬ドキリとして身体が強《こわ》ばる。

俺は立ち上がって玄関へ向かったが、扉は開けなかった。

「どなたですか？」

扉ごしに声をかける。

「おはよう。早過ぎるかと思ったけど、朝食を買って来たよ」

シンの声だ。

安心して、すぐにカギを開ける。

「いらっしゃい」

「朝ご飯食べちゃった？」

ロングカーディガンにロングマフラーを緩く巻いて、相変わらずモデルみたいにスタイリッシュなシンがそこに立っている。

「いいえ、コーヒーを飲んでただけです」

「上がっていいか？」

「どうぞ」

シンの顔を見ると、ほっとした。

「歓迎されてる雰囲気」

「今日はします。一人でいたくなかったので」

部屋へ上がってきた彼は、それを聞いて真顔になった。

「珍しく弱気だな」

大きな手で、ポンと頭を叩く。

「珍しくって、俺のことそんなに知らないでしょう」

「そんなことはない。よくわかってる」

「調べたんですか？」

咎《とが》めるように訊くと、彼は首を振った。

「調べたりしなくたってわかる。犯罪者に向かって『お友達になりましょう』と言うくらい肝の据わったヤツだって」

「……それは言わないでください」

手にしていた紙袋を小さなテーブルの上に置いて、向こう側に彼が胡座を組んで座る。

「サンドイッチだけどいいだろう？」

「ありがとうございます。コーヒー淹れます」

「インスタントでいいよ」

「それしかありません」

俺がキッチンへ行くと、彼は紙袋からパックに入ったサンドイッチを取り出してテーブルに並べた。

バケットのサンドイッチで、美味しそうだ。

自分のコーヒーも冷めていたので、一緒に新しいのを淹れて向かい合って座る。

「隼人が近いのはいいけど、やっぱり狭いな」

「あなたが大きいんですよ」

「巨人みたいに言うな。こっちはチーズとハム、これはアボカドとエビ。デザートにプリンもあるぞ」

「ありがとうございます。代金は払います」

「買ってきてくれと頼まれたわけじゃないからいい」

「でも……」

「まずは食え。人間ってのは、寒い、ひもじい、死にたいとなるそうだ。だから死にたいに繋がらないために、まずは腹を膨らませるんだ」

「死にたいなんて絶対に思いません」

「だが食べれば元気にはなる」

そうかもしれない。

事実、鬱々としていたから朝食を食べる気になれなかった。美味しいものを食べると元気にもなるし。食欲と気持ちは連動しているのかも。

「ひょっとして、俺を慰めてくれてます？」

「うん」

彼は素直に頷いた。

「警戒心の強い隼人が酔ってることに気づかないぐらい酒を飲んだ。俺に立ち向かうほど気が強いのに、黙ってクビの宣告を受け入れた。何かがあるんだろうと思うのは当然だろう？」

「何にもないですよ」

俺はエビアボカドのサンドイッチを取ってパックを開けると、すぐにパクついた。

まだ数回しか会っていない人間にわかってもらえた。それが嬉しいような胡散《うさん》臭いような、ムズムズした気持ちだった。

「あ、美味しい」

重たかった気分が、サンドイッチの一口で少し浮上する。

そう、これは美味しいサンドイッチのお陰だ。シンのせいじゃない。

「こいつを食ったら早速出掛けよう」

「どこに行くんです？」

「ド定番でテーマパークは?」

「車で来たんですか?」

「ああ。ドライブでもいいぞ」

シンと軽い会話を交わし、不安を消そうとしていた時、また部屋のチャイムが鳴った。

平日の朝、シン以外に来訪者の予定はない。

俺が固まったのに気づいたのだろう、シンが「俺が出ようか?」と言った。

「いいえ。自分で出ます」

食べかけのサンドイッチを置いて玄関に向かう。

「どなた?」

「ああ、よかった。いたのね、日高さん」

聞き覚えのない年老いた女性の声。

心拍数が上がる。

「丸山《まるやま》です」

丸山……。

「あ、すぐ開けます」

相手が誰だかわかって、俺はすぐに扉を開けた。

立っていたのは小柄なおばあちゃん、このアパートの大家さんだ。入居の時に挨拶に行ったただけだったので、声に聞き覚えはないのが当然だ。

「どうも、お世話になってます」

「ごめんなさいねぇ、朝から」

挨拶すると、白い割烹着の大家さんはにこにこっと笑ったが、すぐに落ち着かないように視線を泳がせた。

「今ちょっといいかしら？」

「はい。何でしょう？」

「あのね。突然なんだけど、実は息子が勝手にここの土地を売ることにしちゃってね」

「え？」

「申し訳ないんだけど、アパート、取り壊すことになったのよ」

「ええっ？」

寝耳に水、だ。

ここを売る？　取り壊す？

「で……、でもまだ人が住んでるのに？」

俺だけじゃない。このアパートには他の住人もいる。取り壊すということはその全員を追い出すってことか？

「私もよくわかんないのよ。息子が勝手にしたことで。今怒ってるんだけど、もう契約したの一点張りで。何とか出来ればいいんだけど、出来なかったら来月には工事が入るらしいのよ」

「来月って……、あと二週間じゃないですか。来月の何日なんですか？」

「まだわかってないの」

大家さんは手を頰に当て、ため息をついた。

「真面目な会社で働いてたから安心してたのに……」

「それ、オレオレ詐欺じゃないんですか？」

俺の背後からシンが会話に割って入る。

「シンさん、向こうへ行っててください。すみません、友人なんです」

慌てて彼を押し戻す。

「そのおばあ様を心配して言ってるんだよ？　息子さんが勝手に売ったって、それ電話で知らされたんですか？」

大家さんは大柄の彼を見上げた。イケメンだったからかもしれないけど。

「あらまあ、お友達が来てる時に変な話でごめんなさいね。心配してくれてありがとう。息子は本物よ。目の前で言ったんだから」

「誰かに騙されてるとか？」

「それは心配だから、不動産屋にも入ってもらおうと思ってるの。弁護士さんも。でもど

うにもならないようだったら来月には取り壊されちゃうから、早く教えなくちゃと思って。悪いけど、引っ越しの準備をしてくれるかしら？　もちろん、そうなったら敷金は返すし、引っ越し代も出すわ。追い出すみたいになっちゃうから補償金っていうの？　そういうお金も出すつもりだけど、それは不動産屋さんと弁護士さんに相談してからになっちゃうと思うの」

「家主の都合のみで立ち退きを要求される場合は家賃の六カ月分くらいですね。でも立ち退きは契約満了の半年から一年前までに伝えなければ……」

「シンさん。もういいです」

俺は強く彼を引っ張って奥へ押し込むと、大家さんと彼の間に立った。

「お話はわかりました。大家さんも色々大変でしょう。取り敢えず今のことを書面にしてください」

「ええ、ちゃんとそうするわ。ごめんねぇ、私が迂闊《うかつ》だったばっかりに」

「いいえ。息子さんともちゃんと話し合ってくださいね。そういえば、息子さんってどこの会社にお勤めなんですか？」

「関東ツーリズムよ」

「ああ、あの大手の旅行会社ですか」

「そんなに大きくはないんだけどね、昔からある会社だからしっかりしたところよ。おかしな事に手を出したわけでもないのよ？」

会社のことを訊いたから言い訳するように説明する。

「もちろんそうでしょう」

「日高さんはまだ引っ越してきて一年も経ってないのに、ごめんね」

「いいえ。それより下の階にはご老人の一人暮らしの方がいらっしゃいましたよね？」

「山下《やました》さんね。そうなのよ、あの人は行き先もないんじゃないかと思って。ほら、老人の一人暮らしだと今は不動産屋が紹介してくれないって言うじゃない。山下さんにも説明したんだけど、困っちゃってて」

「そうですか。俺は若いから、すぐに引っ越し先も見つかりますから大丈夫ですよ。息子さんに、俺は今月中に引っ越すって言ってたって伝えてください」

「いいの？」

「ええ。その代わり、他の方の引っ越しはギリギリまで待ってくれるように頼んでください」

「あなただけが先に引っ越したからって、他の人が残れるわけじゃないわよ？　ここ、潰しちゃうんだから。全員に立ち退きの補償金払うこと考えると頭が痛いわ」

大家さんは大きなため息をついた。

「本当に、どうしてそんなことしちゃったんだか。お父さんともケンカが続いててねぇ。

これからのことを考えると気が重くて、重くて」

「もう一度息子さんと話し合ったらいいですよ。今は友人が来てるので」

「あら、そうだったわね。ごめんなさいね。お友達さんも心配してくれてありがとう。それじゃ、ごゆっくり」

もっと愚痴りたかったのだろうが、来客中では仕方ないと諦めたのだろう。俺ともそんな親しいわけでもないのだし。

大家さんは、何度も「ごめんなさいねぇ」と繰り返してドアを閉じた。

廊下を歩く彼女の足音が消えてゆく。

引っ越しか……。

結局、公園の桜は見られないままだな。引っ越しの代金は出してくれるだろうし、早めに新しい部屋を探そう。

今度はどこに？

仕事も探さなきゃいけないのに。

「隼人」

ドアの閉まった玄関先にボーッと立ってる俺の両肩を、シンががっしりと摑んだ。

ああ、一瞬彼がいることを忘れてた。

振り向くと、彼が心配そうな顔で俺を見下ろしている。

この表情は初めて見るな。この人も他人を心配するんだ。

「今度は住む場所がなくなるみたい……」

言ってから、笑ってしまう。

「まいったな。人生最高ツイてないターンだ。バイオリズムが最悪ってトコ？」

「お前はこれも受け入れるのか」

低い声。

これが彼の地声なのかな。呼び方も『君』から『お前』になってる。

これが、彼の素なのかな。本当のシン・リーなのかな。

「仕方ないよ。土地売っちゃったって言うんだから。ただ部屋を借りてるだけの俺に出来ることとなんかない」

「死にたくはないのに不幸は受け入れるのか」

「生きてれば何とかなるってことだよ」

シンは突然俺を抱き締めた。

「俺のところへ来い」

「いいよ。適当なところを探すから」

「来い」

「行かない」

「どうして？　仕事も住むところも失くしたんだろう。ウチに来れば両方手に入るのに」

これはからかって言ってるのではないだろう。本心で言ってくれるのなら、本心で返した方がいい。

俺は今まで考えていたことを素直に口にした。

「シンさんは、俺を目撃者として監視しているのじゃないとはわかってます。でも面白い遊び道具として扱っているのもわかるんです。ちょっかい出して、反応を見てる。今俺を誘ってくれたのは親切心だと思いますが、それが興味程度なら長くは続きません。俺は一人で生きていかないといけないんです。あなたに依存して、あなたがいなくなったら困るようになってから捨てられたら、どうしたらいいんです？　だからシンさんとは適切な距離で付き合いたい」

彼は何も言わなかったが、抱き締めた腕も解いてはくれなかった。

痛んでる時に誰かから抱き締められるのって、気持ちいいんだな。

人の温もりをこんなに近くに感じたのはいつぶりだろう？　二十歳過ぎた男が抱き締められることなんてないものな。

でも、居心地がいいと感じるなら、離れるべきだ。それに溺れる前に。

「心配してくれてありがとうございます」

俺は両手で彼の胸を押して離れた。

腕は簡単に俺を離してくれた。

「今日は、お付き合いするのは止めた方がいいと思います。正直、今の俺の気分ではどこへ行っても楽しめそうもないですから」

「……何だろう……」

「シンさん？」

「今すごくツボった」

「は？」

彼は俺から離れると、もとの場所へ座った。

「言ってることはわかった。出掛けるのは止めよう。だがまずはメシだ。落ち込んでるんなら余計しっかりとメシを食わないとな」

「はぁ……」

ツボったって何？

何か笑わせるようなこと言ったか？

でも食事をすることには賛成だ。

やらなければならないことは山積みになった。まずは腹ごしらえしないと。

俺も座って、食べかけだったサンドイッチに齧《かじ》りついた。

「出て行く期限までに次の部屋が見つからなかったら、俺のところへ来るといいとは言っておく。その方が余裕ができるだろう？」

「……そうですね。その申し出は覚えておきます」

「もちろん、同居もアリだよ」

「だからそれはいいですって」

「隼人の次の部屋が見つからないように祈っておかなくちゃな」

さっき見せた真剣な顔はもうどこにもなくて、いつものシンさんだった。

この方が気が楽だからいいのだけれど、真剣な顔はカッコよさが増すんだなと思って、すぐにその感想を打ち消した。

彼に対するプラスの考えは危険だと思って。

「俺もちょっと分析してみるかな」

「何をですか？」

「ツボのこと」

「ツボ？　さっきの？」

訊いたけれど、答えはなかった。でもさっきのことだろう。何が笑いのツボだったのかを分析するんだろうか？

俺には関係ないことだ。

今は笑える気分じゃないし。

他にもっと考えないといけないことができてしまったのだから。


シンが帰って一人になってから、俺は隠していた手紙を取り出した。

昨日郵便受けに入っていた封書だ。

何げなく引き抜いて出掛けたけれど、その後郵便受けを開けたのはきっとこの手紙を奪おうとしたのだろう。

便箋《びんせん》は和紙で、書かれている文字も達筆だった。

普通なら、この文面を読んで感動するものなのだろうか？

でも俺には何の感慨《かんがい》も湧かなかった。

ああ、そうなのかと思っただけだった。

そして『迷惑だな』と思った。

感謝はする。でも今更だ。

この手紙を読んでから、一連のことを繋げることができた。でもまだ『まさか』という気持ちの方が大きい。

俺は静かに暮らしたい。

普通の幸福を手に入れたい。

平穏がいいんだ。

新しい仕事と新しい家。まずはその二つを見つけることが大命題。他のことを考えたくない。

ただでさえ、殺し屋の玩具になるなんて非凡を与えられてるんだから。

……シンか。

基本は優しい人なんだろう。常識もありそうだ。

見た目もいいし、きっと女性にモテるだろう。

なのにどうしてあんな仕事をしてるんだろう。

人を殺す時って、どんな気持ちなんだろう。

俺には絶対にわからない。

たとえ相手がどんなに酷い人間でも、殺すことは怖い。死と対峙《たいじ》することも怖い。

母が死んだ時にそう思った。

母は病気で亡くなった。

さっきまで生きていた人が死ぬ。声をかけてももう返事もしない。二度と会うことも叶わない。

一緒にいた時間の記憶がわーっと流れて、それがもう二度と手に入らない時間なんだと痛感して涙が出た。

彼女が『自分の母親』だったから、ショックが大きかったのかもしれない。

でももし相手が猪口課長であっても、俺はショックを受けるだろう。

自分が課長を殺すなんて、考えただけでも寒気がする。

それでも、世界には人を殺すことを何とも思わない人はいるのだ。

それも怖い。

頭の中がぐちゃぐちゃだ。

シンに、『人を殺すな』と言っても無駄だろう。でも自分は、絶対に人を殺したくない。

何をされても。

今のところ出せる答えはそれしかなかった。

「これからは夜に出歩くのは止めた方がいいな」

俺はふっと母親の死に際の言葉を思い出した。

『悔しいから、普通に幸せになんなさい』

それはきっと、彼女の恨みだったのだろう。

その日の内に駅前のスタンドにある求人誌と賃貸案内の無料雑誌を貰って帰ってきてから、俺は三日間ずっと部屋にいた。

シンが食べ物を持って二度訪ねてきて、一緒に食事をしたけれど、強引に連れ出すようなことはしなかった。

多分、俺が落ち込んでるからそっとしておこうと思ってくれたのだろう。

さもなければ、そろそろ飽きてきたか。

新しい仕事はどんなものにしよう?

働き先が決まってから、その会社の近くに部屋を借りるのがいいだろうか?

退職金に立ち退き料と、一時的な収入があるから引っ越しは難しくないだろうけど、立ち退き料って退去日に渡されるんだよな?

とすると使えるのは退職金だけだ。

ヤケになって無駄遣いなんて考えなくてよかった。

四日目に、朝イチでシンが来た。

「今日は出掛けよう」

と言って。

部屋に籠《こも》って考え事ばかりしていたので、そろそろ外の空気を吸いたいと思っていたところだったから、その申し出をありがたく受け入れた。

行き先はテーマパーク。

彼の車での移動。

シンの側だと思うと安心する。

「今日は隼人を慰めるためだから、全部俺が出す。人の親切を無下《むげ》に断ることはしないよな？」

その言葉通り、彼の車で出掛け、入園料も中での食事も、お土産まで彼持ちだった。

「アトラクションに十人ぐらいで入って、全員がバタッと倒れたらキャストはどんな顔するだろうなって考えたことがある」

「酷いイタズラですよ」

「面白そうだろ？」

「迷惑です」

人が大勢いて、みんなが楽しそうにしているから、俺も心がウキウキしていた。

パンフレットを見て、レストランを探して、ジェットコースターに乗って、現実から離れて、子供みたいにはしゃいだ。

本当にデートみたいだった。

彼の中ではまだ恋人設定が残っているんだろう。でも、俺は恋人なんか作る気はなかった。俺は誰も求めてはいけないのだ。

一人で生きていくしかないのだ。

　こうして楽しめるのは、シンがすぐに離れてゆく人だとわかっているからだ。

　閉園までいると車が混むからと、花火を見終わったらすぐに帰路についた。

　途中、園内で色々買い食いをしていたので、夕飯は入らないからと家の近くで食事をしようということになった。

「車運転してると、酒が飲めないのが辛いな」

「駐車場に停めて帰ったらいいじゃないですか」

「そうしたら酒にも付き合う？」

「暫くアルコールはやめておきます」

　先日の失態は思い出したくもない。

「じゃ、駅前で食事は？」

「それなら。どこへ行くんです？　ファミレス？」

「何か突然蕎麦《そば》が食いたくなった。美味しい蕎麦屋知ってる？」

「この時間だから……。駅から少し離れたところにならば」

「道案内頼む」

　何度か入ったことのある老舗っぽい蕎麦屋に案内して、二人で天ザルを頼んで食べた。

　そのままアパートまで送ってもらえるかと思ったのに、シンは店を出るとここでお別れだと言った。

「え？」

　ここから一人で帰るのか。

「何？　別れ難い？」

　俺の気持ちを知らず、シンはからかった。

　彼と別れ難いのじゃなく、一人で夜道を帰るのが怖いのだが、それを彼に告げることはしなかった。

　気のせいかもしれないし。

「いいえ。今日は十分楽しませていただきました。ここでお別れで結構です」

「何だ、寂しいとか言ってくれるかと思ったのに」

「どうせまた来るんでしょう？」

「明日も行っていい？」

「昼間は部屋探しで不動産屋巡り、仕事探しでハローワークです」

「じゃ、夕飯一緒に食べよう。迎えに行く」

「来る前に連絡ください」

　誘いは強要ではなかった。

　なのに受け入れたのは、今一人で居たくないからだ。

パーキングに車を取りに行く彼と店の前で別れて、家路につく。

なるべく早く引っ越しをしよう。

誰にも行き先を伝えず、ひっそりと引っ越そう。

シンと同居するつもりはないけれど、一旦荷物を彼の家に運び込むのはアリかもしれない。それなら、引っ越し業者から追跡される心配が減る。

個人情報保護とは言いながら圧力や金に負けて情報を漏らす人もいるのは事実だ。

一度賑《にぎ》やかな駅前まで戻り、そこからアパートへ。

丁度前にサラリーマンが歩いていたので、不審がられない程度の距離を取ってついてゆく。けれど途中でそのサラリーマンがマンションに消えてしまうと、一人きりになってしまった。

考え過ぎだと思う。

それでも何だかゾクゾクする。

足音に耳を澄ませ、車が横を通るたびにドキドキしてしまう。

今日は一日楽しかった。

このまま何事もなく終わって欲しい。

公園の横を通り、やっとアパートが見えると、ほっとした。

古いアパートの前には自転車置き場のような土剝《む》き出しのスペースがあり、建物正面に昔ながらの鉄階段がある。一つだけある外灯が煌々《こうこう》と照らす鉄階段には集合の郵便ポストがあって、今日は全ての扉が閉じていた。

今日は何の変化もない。

安堵《あんど》して階段に近づいた時、階段の下、集合ポストの陰から人が出てきた。

ビクッとして足を止める。

……まさか。

「日高隼人？」

出てきた男は全く知らない顔だった。そしてまともな職業の人間にも見えなかった。

スーツは着ているが、肩をいからせて背中を丸めたまま近づき、にやっと笑う。

「わかってんのかな？」

男の言葉を聞いた瞬間、俺は踵《きびす》を返してその場から逃げ出した。

「待て！」

と言われて待つバカがいるものか。

一人だけなら、大通りに出れば何とか逃げ切れるかもと思った。タクシーとかトラックとかに声をかければ警察に連絡してくれるかもと。

けれどアパートの敷地を出た途端、強く青白い光に照らされ、眩しくて足が止まってしまった。

車のライト。

この間の車？

咄嗟《とっさ》に壁際に避けると、車は進路を塞ぐように斜めに入り、俺の横で止まった。

後部座席のドアが開き、人が降りてくる。

捕まえるつもりなのだと察して、ボンネットを乗り越えて車の向こう側へ出た。だが、運転席の男も出てきて、手を伸ばす。

捕まったらマズイことになる。何をされるかはわからないけれどそれだけはわかった。

「ここで殺ってもいい！　死体がなきゃ犯罪の立証はできねぇからな」

アパートの下で待っていた男の声が飛んだ。

「火事だ！」

俺は大声で叫んだ。

助けてと言っても、係わり合いになりたくないから無視する人が多いが、火事だと言えば自分にも関係することだから人が出てくると聞いたことがあったので。

「火事……っ！」

上着の裾を摑まれ、仰向けに引っ張られる。

逃げようとする力と後ろに引かれる力で身体はバランスを崩し、乗り越えたばかりの車のボンネットの上に倒れた。

上から覗き込まれ、目が合った瞬間顔を殴られる。

怯《ひる》んだ隙に喉を押さえ込まれた。

「……グッ」

声を出そうとすると余計に息が苦しくなる。

「刃物は使うな血痕が残るのは困る。動けなくなるまで殴って車に乗せろ。殺るのは埋める時でいい」

「首絞めちまっても？」

「それでもいい。とにかく早く車に……」

ドサッ、と何か重たいものが落ちる音がした。

「兄貴？」

続いてもう一つ。

「何だ？　何が起きている？」

俺の首を絞めていた男が音がした方を振り向こうとした時、キラリと光るものが男の首に当てられた。

「手を離せ」

静かな声。

「でなければ喉を切る」

これは……、シンの声だ。

「てめぇ、何者だ！」

「お前には関係ない」

「関係ねぇなら……」

「黙れ」

低く静かな声は、脅すよりも恐ろしかった。

「手を離せ」

もう一度シンが繰り返すと、男の手が離れる。

が、振り向きざまに背後に立つシンに殴りかかろうとして、そのまま俺の視界から消えてしまった。

痛む喉を摩りながら身体を起こす。

そこには四人の男が倒れていた。

「殺……した……？」

「一言も喋《しゃべ》るな」

強い命令。

いつものシンじゃない。

これは『殺し屋』のシン・リーだ。

呆然としていると、彼は倒れた男達の身体を探ったかと思うと命令を下していた男を蹴って起こした。

「目を開けるな。開けたら潰す」

「て……てめぇ何者……」

「田舎ヤクザだな。シマ荒らしなら覚悟しないとな」

「シマ……？　あんた……」

「質問は許してない。ウチのシマで騒ぎを起こすな。次に来た時にはこっちも頭数揃えるからな」

「……わかった」

「イキがって暴れるバカじゃなくてよかったぜ。手荒いことをせずに済む。もう暫くおとなしくしてな」

シンが男の首の後ろに手刀を入れると、男はまたクタッと地面に倒れた。

マンガや映画なんかで見たことがあるけれど、本当に手刀だけで人が意識を失うことに驚いた。

「来い」

シンはまだ冷たい声のままで命じると、背中を向けて歩き出した。

こんな連中と一緒に置いていかれたくはないので、慌てて後を追う。どうやら四人とも意識を失っているようだが、何時起きるかわかったものではない。

彼は、無言のまま前を歩き、近くに停めていた車に乗り込んだ。

どうしようかと迷っていると、助手席のドアが開く。乗れ、ということだろう。俺も黙ったままで車に乗った。

恐怖のせいで手が震えて、シートベルトが上手く嵌《は》まらずもたもたしているうちに、車は動き出した。

どこへ行くとも言わずに。


シンは、ずっと無言のままだった。

纏った空気も堅いままだった。

言葉もかけてくれず、笑みも見せないまま、彼が俺を連れて行ったのは自分のマンションだ。

到着すると車からも先に降り、振り返ることもなく無言のままでエレベーターに乗る。

玄関のドアを入ってやっと、彼は振り向いた。

「相手はN県の、多分ヤクザだ」

N県……。

「どうして隼人がそんなものに襲われる？　心当たりがあるのか？」

俺は答えなかった。

答えたくなかったのではなく、何と答えていいかわからなかったから。

「助けたんだから、説明を聞く権利はあると思うが？」

「……そう、ですね。その前に、水を一杯もらえますか？」

彼はため息をついて、俺の肩を抱くとリビングへ誘った。

「座って待ってろ。コーヒーを淹れてやる」

「……はい」

リビングのソファに座って少し落ち着くと、殴られた頰の痛みが強くなった。緊張して感じなかった痛みが戻ってきたのだろう。

シンはすぐにコーヒーを持って戻り、俺の隣に座った。

「薄く淹れた。その方がいいだろう」

「ありがとうございます」

両手でカップを持って一口含む。苦味のある液体は温かく、ほっとした。

「彼等がどうしてN県のヤクザだと思ったんですか？」

「倒したヤツの免許証を見た。ヤクザだというのは勘だな」

「だからシンさんもヤクザみたいなこと言ったんですか？」

「お前の関係者に力のある者がいると思われることがいいか悪いかがわからなかったからな。無関係だが連中を脅せる人間になった方がいいと判断した」

あ、また『お前』になってる。

これは素のシンだ。

「四人もの人間をどうやって倒したんです？」

「人間は簡単に脳震盪《のうしんとう》を起こす。頸動脈を押さえても失神する。コツがわかれば簡単なことだ」

「流石プロですね」

「隼人」

彼が俺の顎《あご》を取って顔を向かせた。

「ごまかすな」

正面から見つめる顔にはやはり笑みはない。

「ごまかしてるわけじゃありません。……どう話したらいいのかわからないだけです」

「じゃあ俺から訊いてやろう。襲われる心当たりはあるのか？」

「……はい」

顎から手が離れ、頬を撫《な》でる。

愛《め》でてるわけではなく、腫《は》れを確かめるためだったのだろう。「ちょっと待ってろ」と言って濡らしたタオルを持ってきてくれた。

「頬に当てろ」

「ありがとうございます」

コーヒーのカップを置いてタオルを受け取り頬に当てる。ひんやりとした感触は心地よかった。

「襲って来たのは誰だと思う?」

「……多分、父の奥さんだと思います」

「父親の奥さんだったらお前の母親だろう。母親は死んだんじゃないのか?」

「母は亡くなりました。俺の母は父の奥さんではなかったんです」

「妾《めかけ》か?」

「お妾さんでも愛人でもありません。『お手付き』ってヤツです」

「お手付き?」

「父の気まぐれで手を出されたんだそうです」

「強姦?」

「に近かったんだと思います。母に、父に対する愛情は全くありませんでしたから」

俺は亡くなる前の母親の顔を思い出した。

「そうですね。多分、俺が考えている通りなんだと思いますけど、整理するために聞いてください」

そうして俺は彼に話し始めた。

もう関係ないと思っていた父親のことを。

亡くなった母のことを。

俺の母親はN県の旅館で仲居として働いていた。

両親が早くに亡くなり、伯父夫婦に育てられたが、伯父達と折り合いがよくなかったので、住み込みの仲居の仕事についたのだ。

旅館というと小さなものを想像しがちだが、母が勤めた旅館は違っていた。

老舗で、巨大で、温泉街の全てがその旅館の主、平柳《ひらやなぎ》家のものだった。

土産物屋に保育園、病院、飲み屋。寺でさえも平柳一族の人間が営み、そのトップに座るのが、旅館の主なのだ。

金があれば権力も手に入れられるということだろう。

町長や町議会議員、県会議員、果ては国会議員の中にも、平柳の人間はいた。

勤め始めた時、母はまだ二十歳になったばかりで、そんな立派なところで働けることを喜んでいた。

母は子供の俺から見ても美しい人で、若い頃はさぞやだっただろう。

その美しさが、当主の平柳武史《たけし》の目を惹《ひ》いてしまった。

その部分は詳しくは語られなかったが、強引に身体の関係を求められたのだ。

二十過ぎたばかりの、後ろ盾も何もない娘にどんな抵抗ができただろう。相手の平柳は地元の有力者で、雇用主。年齢も親子以上に離れていた。

平柳は、妻も子もいるのに若い母にのめり込んだ。

周囲には隠していたようだが、母に仲居の仕事を辞めさせ、家を与え、そこに通った。

そのことを見ると、当時は愛人と呼ばれるべき立場だったかもしれない。母本人がそれを望んでいなかったとしても。

だが濃厚な人間関係のある田舎の街ではいつまでもそれを秘密にしておくことなどできるわけがない。

平柳の顔は地元では知られているし、仕事もしていない女が一人で暮らすなんてさぞ目立ったのだろう。やがてそれは平柳の妻の知るところとなった。

平柳の妻もまた地元の有力者の娘であったため、離婚は考えられなかった。

妻の怒りを受けて平柳は母と別れる方を選んだ。

その時には俺がお腹にいたのだが、妻には知られていなかった。もし知られていたらどうなっていたか……。

別れる時、手切れ金としてまとまった金は渡されたが、地元の名士の愛人だったというレッテルを貼られた母に居場所はなく、伯父とも縁を切られ、身重でありながら一人東京へ移り住んだ。

距離が二人を隔て、全てが終わると思って。

しかし、ここに一つ問題があった。

普通旅館というと跡継ぎはおかみとなる女性がなることが多いが、平柳にとって旅館は事業の一つ。

莫大な金、土地、権力を継ぐにはやはり男の子となる。

ジェンダーレスの現代においては古臭い考えだが、閉鎖的な田舎では未だ男性至上主義が残っているものだ。

平柳の家もそうだった。

なのに、彼と本妻の間には女の子一人しかいなかった。

その娘に婿を取ったのだが、婿は事業に失敗し、平柳から使えない男の烙印《らくいん》を押され、跡継ぎ候補から外された。

一方、そういう事情をまだよく知らない母は、俺が産まれると生活困窮から平柳に子供の養育費を少しだけ援助してもらえないかと連絡を取ってしまった。

俺は認知され、平柳は俺の養育費を渡してくれた。だが、慣れない東京暮らしで容色の衰《おとろ》えた母には……もう連絡をするなと宣言した。

母が俺の父親について語らなかったのは、そんな辛い過去を思い出したくなかったからだろう。

若い娘に手を出して、妻に怒られたから捨てる。

子供は認知して金は渡すが、もう頼るなと宣言する。

そんな男を父親だと説明したくなかったのかもしれない。

俺がある程度まで育つと、生活に余裕ができた母の容色は再び美しさを取り戻したが、母自身が二度と平柳と係わり合いたくないと連絡はしなかった。

やがて母が病に倒れ、余命宣告を受けた時、その全てを教えられた。

女手一つで俺の大学までの学費を捻出してくれたと思っていたが、それは父がくれた金だったということも。

感謝はなかった。

苦労してきた母を見てきていたので。

むしろ、そんな経緯で産まれた俺を愛して、育ててくれた母に感謝した。

『悔しいから、普通に幸せになんなさい』

全てを話した後、彼女は笑って俺にそう言った。

人生の一番楽しい時期に、望まぬ関係を強いられ、それゆえに友人も作れず、結果捨てられて一人になった。

でも俺がいて幸せだった。

俺がここで日高隼人として、平柳のことも、日高の実家のことも、生まれた土地のことも、全部関係なく幸せになってくれれば自分は幸せだ。

あの閉鎖的で古臭い連中に勝ったと思える。

だから、特別にならなくていい、平穏に暮らし、平凡な幸せを手に入れて、自分よりもずっと長生きして欲しい。

それが母の最期の頼みだった。

「死にたくない、と言うのは母親の願いだったからか」

黙って聞いていたシンが訊いた。

「そうです。母さんが不幸だと思いながら早逝してしまった分を、自分が幸福に長生きしてやりたいと思ってました。大学を卒業して就職するまでは、上手くいっていたんです」

「と言うと？」

俺は隣にいるシンを見て微笑んだ。

「俺ね、これでもいい大学に入っていい会社に就職したんです。でもいい会社過ぎた。いや、本当は悪い会社だったんですって言うべきかな？」

大手の、一流企業だった。

これで上手くいくレールに乗れたと安堵した。

けれど……。

「新人研修が終わって、経理に配属されることが決まった時、人事が勝手に俺の身元調査をしたんです。多分、金を扱う部署だから身元をはっきりさせておこうって考えだったんでしょう。大手企業って、時々古臭いところがあるから。その時、平柳に確認を取ってしまったんです」

有名大学を卒業し一流企業に勤めている息子。

平柳は俄然《がぜん》俺に興味を持ち始めた。

「平柳の父の実の娘と婿は、当時半分縁切り状態で父に相手にもされていませんでした。老齢だった父は自分の跡継ぎについて悩んでいる最中で、縁戚の中から優秀な男子に跡を譲ろうかと考えていたようです。ところがそこに優秀な実の息子が現れた。彼は、俺に跡を継がせたいと言ってきました」

「悪いことではないと思うが？」

「悪いことです。母を苦しめた男の跡継ぎなんて。しかも父が俺に連絡を取ったことで本妻さんも俺の存在を知ってしまいました」

多分、父の書いた手紙を盗み見たのだろう。

でなければ父の態度がおかしいと人を使って調べさせたのかも。

「知ってます？　地元の有力者って、マンガみたいに権力があるんですよ？　奥さんは平柳の名前を使って俺をクビにさせました。もしクビにしなければお前の会社がN県で仕事ができないようにしてやるって」

俺に解雇を言い渡しに来た上司の顔を、今も覚えている。

俺を疑うような猪口課長とは違い、申し訳なさそうな顔をしていた。人事部長の西川《にしかわ》さんという人だったな。

自分達が勝手なことをしたから問題が大きくなったのだと理解してくれていた。だから俺に全てを説明してくれた。

俺の父親が生きていると知り、それが有力者だと知った者が、あわよくば関連で仕事が取れないかと父親に会いに行ってしまった。

その結果本妻が社長に直談判し、あなたのところでは不義の子を雇うのかとまくし立て、俺をクビにしろと脅したのだ、と。

あの時は、即刻クビではない代わりに退職金は規定通り一カ月分の給料だった。

「その後、母と住んでいたアパートに嫌がらせが続いて、引っ越しを余儀なくされたんです」

「嫌がらせ？」

「ドアに張り紙ですね。ドロボウ猫の子供とか何とか」

もっと酷いことも書かれていたが、言う必要はないだろう。

「今時って思うでしょう？　でも今だってそういうことをする人はいるんです。その後に勤めた会社も同じように圧力をかけられてクビになって、一旦アルバイトもしたんですけど、アルバイトはもっとクビ切りが早かったですね。住むところも二度変わりました」

「クビやアパートの取り壊しを受け入れたのはそういうことか。今回もそうだと思ったんだな？」

「ええ。会社は官公庁の下請けでした。末端だから大丈夫だろうと思ったんですが、バレたんですね。きっと議員さんか何かを動かして圧力をかけたんでしょう。会社がバレれば住まいもわかる。大家さんの息子さんが旅行会社に勤めてるって知って、アパートを買ったのは平柳だと察しました。地元の有力者の老舗旅館、旅行関係の会社にとっては重要な取引相手ですからね」

旅館の経営者だけなら、そんなに立場は強くないだろうが、政治にまで顔が利く人間が相手なら仕方がないのだろう。

「俺が出て行くと知れば、きっとアパートの買い取りは中止になるでしょうね」

「だから息子に伝えろと言ったのか」

「はい。目的は俺だけのはずですから」

言ってるうちに、何だかおかしくなってきて俺は笑った。

「凄いエネルギーですよね。俺が財産狙ってるっていうならわかるけど、俺は平柳の家から逃げたいって思ってるのに」

「隼人」

笑いながら、俺はずっと持っていた手紙をポケットから取り出して彼に渡した。

「先日、車に轢かれかけたんです。嫌がらせはあったし、チンピラに絡まれるみたいな暴力事件もあったんですけど、明確な殺意を感じたことはありませんでした。死ねばいいのにって程度だった。でも車が真っすぐに突っ込んで来た時、明確な殺意を感じました。死ねばいいのにじゃなくて『死ね』っていう」

シンは二つに折っていた封筒を広げ、中身を取り出して目を走らせた。

「でもまさか平柳じゃないよな？　アブナイ人間の気まぐれだろうなって思ってたんです。でもそれが届いて、全部わかりました」

「全てをお前に譲りたい、とある。父親からか」

あの日届いた手紙。

きっとそれも知っていたから、取り返そうと郵便受けは荒らされていたのだろう。

手紙は父からだった。

自分は病気で、もう長くはない。娘も娘婿も役に立たない。甥も甘やかされたろくでなしだ。調べたがお前はとても優秀なようだ。戻ってきて、平柳の家を立て直してくれ。私の息子なのだから、全てを受け継いでくれ。

というようなことが書かれていた。

「本妻にとって、『もしかしたらあの子供が欲を出すかもしれない』から、『平柳の当主が認めた跡取りとして乗り込んでくる』に変わった。そして俺を排除しようと決めたんだと思います。さっきの彼等は、シンさんが言う通り地元のヤクザなんじゃないかな。田舎の権力者って、ヤクザにも顔が利くんでしょう」

笑いが止まらない。

「俺は何にも望んでないのに」

笑いながら、涙が出てきた。

「どこまでも追いかけて、どこまでも踏み付けにしないと許せないってわけですよ」

「隼人」

シンが、俺を抱き締めた。

彼は殺し屋だけれど、この人の腕の中は安全なのだと思えた。

彼と俺が出会ったのは偶然だった。

彼は平柳の家とは無関係だ。

そして一般人からの仕事は受けないと言っていた。

何て滑稽《こっけい》なんだろう。

殺人者の腕の中が一番安心できる場所だなんて。

俺は自分から彼の背中に手を回してしがみついた。

誰かに縋《すが》りたくて、でも誰に縋ったらいいのかわからなくて。どこで誰が自分を狙っているのかわからない中、今縋れるのはこの人だけなのだ。

たとえすぐに別れが来るとしても。

「俺はどうしたらいいんだろう……」

「お前が望むなら、その本妻を殺してやってもいい」

「ダメだ」

殺し屋らしい彼の提案を、俺は即座に否定した。

「俺は絶対人の死なんて願わない。俺を育ててくれた母さんを、絶対に犯罪者の親になんかしない」

「自分が辛くても？」

「俺なら我慢できる」

「どんなことでも？」

「……どんなことでも。多分」

「それじゃ隼人が壊れてしまうかもしれない」

「壊れたりなんかしない。少しヘコみはするけど、ちゃんとまた立ち上がれる」

と言いながら彼に抱き着いているのでは真実味がないが。

「莫大な財産はいらないのか？」

「いらない」

「血縁者や父親は？」

「いらない。最初からいなかったんだから今更欲しいとは思わない」

「隼人は一人になってしまうぞ？」

「一人でいい」

「そうか」

シンは俺のひざに腕を差し込み抱き上げた。お姫様抱っこだ。

「な……何？」

驚いている間に奥へ運ばれる。

「お前のために魔法使いになってやろう。お前の望みを全て叶えてやる」

「は？」

「だから、俺のモノになれ」

シンの顔には笑みがあった。

それはとても攻撃的で、満足げな笑みだった。


運ばれたのはベッドルームで、彼は俺を少し乱暴にそこへ落とした。

「何？」

と言ってる間に自分の服を脱ぎ始める。

「シンさん！」

シャツを脱ぎ、上半身裸になったところで、彼は俺の隣に座った。

「隼人が欲しい」

「だからそういうことは……」

「今度は本気だ」

「面白がってるだけでしょう」

「いいや。面白いことは否まないが、隼人が欲しくてたまらなくなった」

「どうして突然そんな……。信じられませんよ」

冗談ではないのは、彼の顔つきでわかった。それに俺のことを『お前』と呼んでいる。

からかっている時はいつも『君』だったのに。

でも信じられない。

「どうしたら信じる?」

「俺を好きになる理由がわかりません」

「好き、か。好きとはちょっと違うのかもしれない。でも隼人が欲しいのは事実だ」

「だからどうして?」

「お前が何もいらないと言うから。何も必要としないと言うから」

「意味がわかりません」

まだ会話の途中なのに、顔だけ近づけてキスされる。

「シンさん!」

「納得させればいいんだな? 上手く伝わるかどうかわからないが、今の俺の気持ちを説明はしてやろう。最初は変わったヤツだと思った。殺されるのを避けるために友達になってと言ったヤツは初めてだったから。ちょっとの間そのくだらない申し出に付き合ってもいいだろうと思った」

そこまでは真実を話しているんだろう。俺もそうなんだろうと思っていたから。

「変わった言動に益々興味が湧いて、もう監視しなくてもいいだろうと思いながらちょっかいを出し続けた。どうしてだか、お前からは自分に似た匂いを感じたたし」

「俺は人殺しなんかしません」

「だろうな。今ならわかる。その匂いは殺人者のものじゃなかった。襲われる側の人間のものだったのだろう。平凡な日常を送っているはずなのに、隼人は『死』を意識していた。自然死ではなく強制的な『死』を。殺されるとまでは思っていなかったとしても、襲われるとは思っていたんだろう？　そこらを歩いている連中はそんなことは考えない。だからお前は俺と同じ世界に住んでるような気がした。言うなれば、人間の世界にいる狼とウサギみたいなもんだ。狩ったり狩られたり、命のやり取りをしながら生きてる」

彼の手が、俺の手に重なった。

そのまま強く握られる。

「隼人が俺に依存してしまうかもしれないから親切にしないで欲しいと言った時、俺に依存して、俺がいなくなったら困るようになってから捨てられたら、どうしたらいいのかと言った時。ゾクゾクした」

あの時、彼は『ツボった』と言っていた。

ツボに入るといえば笑いだと思ったから、自分の言葉のどこに笑いのツボがあったのだろうと思っていた。

「俺だけに依存する人間。俺がいなくなったら生きていけなくなるような人間が存在すると思ったら鳥肌が立つほど興奮した。生きる意味を見出せなかった俺に、生きる意味ができる。だが、あの時はまだお前が『俺だけ』のものになるかどうかわからなかった。他に望むものがあるのなら、自分『だけ』のものとは言えない。でもさっき、隼人が肉親も血縁も金もいらないと言った時に、隼人の持っているものの全てがわかった。亡くなった母親との思い出と平穏な生活だ。それだけなら許容しよう。亡くなった者には頼れない。平穏な生活ぐらいなら与えてやれる。もう隼人には頼る人間はいないんだろう？」

ずいっと近づかれ、身を引く。

「それは……まあ……」

「俺だけしか頼れない」

「別にあなたに頼ったり……」

「俺を頼れ。優しくして、甘やかしてやる。望みを叶えてやる。俺がいなくなったら死んでしまうくらい依存しろ」

「何を……、あっ！」

握られていた手を引っ張られ、仰向けに倒れる。

シンが上から覆いかぶさる。

「隼人が欲しい。冗談じゃない。信じたか？」

理由はわかった。自分にはない考えだけれど、理解した。

けれどここで信じると言ってしまったら、どうなるのだろう。

「俺の前なら弱音を吐いてもいい、幾らでも泣いていい。俺にだけ見せる姿なら大歓迎だ」

まだ『信じる』と言っていないのに、彼がキスをする。

舌を差し入れ、口腔《こうこう》を荒らす。

両の手首を捕らえられ動けなくされたまま、俺は貪《むさぼ》られた。

息が苦しい。

彼の舌は闇雲に動いているわけではなかった。計算したように、歯列を、口内を舐《ねぶ》り、時に離れて微かに唇の上を滑らせ、また口の中に入ってくる。

キスはやがて頬に移動し、更に動いて舌が耳を濡らした。

「シンさ……ん」

「シンでいい」

「止めてください」

「止めない。全部奪う」

「や……っ」

左手が自由になったので彼の身体を押し戻そうとしたが、ビクともしない。しかも俺を解放した彼の右手は俺の股間に伸びていた。

「どこを……っ！」

あっと言う間にズボンのファスナーが下ろされ、中に滑り込む。

下着の上から、その形のままに握られてしまった。

「シンさんっ！　怒りますよ！」

「童貞？」

「……どうだっていいでしょう！」

「嘘、マジ？」

一瞬手が止まる。

「あ、でもそうか。ファーストキスも俺だったっけ。いいな、そそるな。新雪の上に足跡を残すみたいで」

目の前にある顔が嬉しそうに笑う。

「俺しか知らない俺だけのもの。ああ、のめり込みそう」

「のめらなくていいですから離してください」

「離すわけないだろ？」

握った手が動く。

そうだよ。俺は童貞だよ。

学生時代はバイトと家事に明け暮れていたし、狭いアパートの部屋には母親がいたんだから。

「……う」

母が亡くなった後はそんな気分になれなかったし、大学卒業して就職してからは平柳の家との揉め事でそれどころじゃなかった。

正直、恋愛だって最後に誰かを好きって思ったのは小学生の頃だ。

でも相手は女の子だった。

「大丈夫。ちゃんとよくしてやるから」

「しなくていいですって！」

「暴れると縛るぞ」

しば……。

「ああ、それもいいかな？」

冗談だろ。緊縛プレイなんて初心者には衝撃過ぎる。

かと言って暴れなかったらこのまま……。

「認めます。童貞です。だからこんなの止めてください」

「この間裸を見た時には剝けてたけど、自慰で剝いちゃったのかな。でもまあ、正直に言ったから……」

彼は身体を起こした。

よかった。恥はかいたけどこれで何とか無事に……、済むわけはなかった。

「優しくする」

離れたからってほっとしてはいけなかった。今逃げるべきだった。

そう思った時には、彼は俺のシャツを一気に捲って しまっていた。

女の子ならここに最後の砦《とりで》のブラジャーがあるのだろうが、男の俺にはそんなものはない。剝き出しになった胸に彼が再び多い被さり、いきなり乳首を咥《くわ》えた。

「……っ」

舌が突起を舐め回す。

もう一方は指がこねるように弄《いじ》り回す。

それだけでもうゾクリとした。

「やめ……っ、ん……」

下半身は解放されたが、執拗《しつよう》に胸だけを弄られる。

俺は自由になった両手で彼の肩を摑んだ。押し戻そうとしたのに、やはりビクともしない。彼の筋肉は伊達じゃないのだ。

スポーツも筋トレも何にもしてこなかった自分とは違う。

「あ……」

弄られ続けているうちに身体の奥がむずむずしてくる。

感じてる……。男に乳首を舐められて。

相手が男でも女でも舌には違いはないってことか。それより男の俺が乳首で感じてることの方がおかしいのかも。

「やめて……」

「大きな声を出していい。抵抗の声でもいいし喘《あえ》ぎでもいい。ここでの声が外に漏れることはない。大きな声を出せばすっきりするぞ。今まで大声なんか出したことはなかったんだろう？」

喋るために口が離れたが、唾液で濡れた乳首は気化熱で寒さを感じ、それがまた刺激となる。

でもそれも一瞬で、また咥えられて舐り回されるとその刺激の方が強かった。

「やだ……」

「もっと大きな声で」

「いやだ……」

「もっと」

「嫌だ！　……あっ」

叫んだ途端、先を噛まれる。噛んだことを癒すようにまた舐められる。

「止めてください……っ！」

声は出せた。

でも動きは止まらない。

抵抗の声は上げてもいいが行為は止めないのだ。

空いていた彼の右手が再び下へ伸びる。

ファスナーだけでなくボタンも外し、終に下着の中に手が入ってきた。

「あ……っ!」

性器を握られる。

大きくて熱い手が、俺のモノを握る。

握ったまま、やわやわと動き出す。

そこまでされると性的な刺激に慣れていないから勃起してゆくのがわかった。

彼の手の中で自分が硬くなってゆく。

恥ずかしくて情けないのに、身体は反応してしまう。

彼を求めてなんかいないのに、男に抱かれたいなんて考えたこともないのに、刺激に本能で応えてしまう。

「や……」

彼を押し戻そうとする手からも力が抜ける。身体の内側から湧いてくる快感に抗うことに集中するからだ。

でもそれは無駄な努力だった。

性的なスポットを重点的に責められて、快感は強くなるばかりだ。

身体のあちこちがビクビクと痙攣《けいれん》する。

もう大声を張り上げることもできない。口を開いたら喘ぎ声が漏れてしまいそうで、ただ口を閉じてそうならないように努力するだけだ。

シンの手は止まらず、俺を追い上げる。

頬が熱い。

呼吸が短くなる。

彼にかかっていた手が、『押し戻す』から『縋る』に変わる。

そのタイミングで、彼が動きを止めた。

責め苦から解放されたと息を吐くと、彼の両手は俺のズボンを摑み、一気に引き下ろした。

「シン！」

無防備な下半身。

その中央に彼の頭が下りて……、俺を咥えた。

「あ……っ！」

ダメだ。

もうダメだ。

こんなの耐えられない。

濡れた熱い舌に巻き付かれ、熱がソコに集中する。

腰の後ろ辺りが疼《うず》いて、限界が近くなる。もう先からはこぼれているのではないだろうか？　なのに彼の口は離れない。

「シンさん……」

しゃぶる音が耳に届く。

音が羞恥心を煽る。

「……離れて！」

まだ離れない。

彼の口の中になんてできないから、恥を堪《こら》えて言った。

「射精《で》るから離れてください……っ！」

決死の覚悟で言ったのに、彼はワザと俺の内股を指で撫でた。

「……っ！」

ほんのちょっとであっても、新しい刺激は最後を後押しした。

我慢しようと思っていたのに、一気に熱が出てゆく。彼の口の中に……。

射精後の脱力と、羞恥の落胆。

萎《な》えた俺からやっと彼が離れる。

ベッドから下りて、部屋を出て行く。

終わった……。

悔しくて恥ずかしいけれど、とにかく終わったのだ。

腕で顔を覆い、深いため息をつく。風俗に行ったと思おう。行ったことはないけれど、きっとこんなものだ。

起き上がって衣服を整える気力もなくそのままでいると、シンが戻ってきた気配を感じた。でも顔が見られなくて、見られたくなくて、腕で隠したままにしていた。

「流石に飲めないから出してきた。ちゃんとマウスウォッシュもしてきたぞ。でないと隼人はキスさせてくれないだろうから」

当たり前だ。自分のモノを咥えた口とキスだなんて。

……キス？

俺は腕を外して彼を見た。

「……もう終わりでしょう？」

「何言ってる、これからだろう」

シンは持ってきた物を枕元に置いた。

「ちょっと待っ……、っ何？」

萎えた俺のモノの上に温かい感触。でもこれは彼ではない。濡れタオル？

シンはそれで優しく俺のモノを拭《ぬぐ》った。

「出したままじゃ気持ち悪いだろ？」

親切ごかしに言われても、また新たな刺激が……。

「いいです、自分でします」

俺は起き上がって、シャツを下ろして彼の手からタオルを取り上げた。彼の前で自分の後始末をするのは恥ずかしいが、彼にされるよりマシだ。

背中を向け、自分の股間を拭う。彼が咥えていたせいで汚れてはいなかったが、まだ触れられていた感触が残っていたのを消そうと、乱暴にゴシゴシと内股を擦った。

「頭の中から、家の問題は消えただろう？」

背後から寄り添ってきたシンの声が耳元に響く。

確かに、今の羞恥の極みで襲われたことやこれからのことなんてすっかり頭の中から消えていた。

「もっと俺でいっぱいになるといい。他のことなんか考えられなくなるくらい」

言うなり、彼は力業で俺のシャツを脱がせた。

「痛っ」

強引にバンザイさせられ、下着のシャツもTシャツもスポンと引き抜かれる。

「また柔らかくなってるな」

背後から脇をくぐって伸びてきた手が乳首に触れる。

摘《つま》んで、引っ張って、押し込まれる。

「う……っ」

その刺激が快感に繋がると知ってしまった身体がすぐに反応する。

「これからが本当のセックスだよ、隼人」

耳元でシンの声。

低い響き。

これは彼の素の声。本気の時の声だ。

「我慢できなくなっても、自分でシちゃダメだよ。ああ、また硬くなった」

ピン、と乳首の先が弾かれる。

「……ッ」

「一度射精したから、敏感だな。でももうちょっと」

見てはいけないと思うのに目がそこを見てしまう。いつもより張りのある乳首を彼の指が弄《もてあそ》んでいる。

人差し指で先端だけを軽く撫で、グッと押し込んで回す。

自分の胸なのに、ビジュアルがエロい。

見てはいけない。見ていたくない。

「……ヒッ！」

シンが耳を舐めた。ぴちゃっという音に身体が震える。

肩を噛んで、背中にキスをする。

「やめて……ください……」

「どうして？」

「あなたの……、玩具になりたくない……」

「心外だな。玩具なんかにしてない。愛してるんだ」

「愛って……」

「隼人は俺にとって特別だ。俺はこれから隼人のために生きることにした」

「何言って……、ん……っ」

いけない。また勃起してくる。

ズボンも下着と共に膝まで引き下ろされているから、勃ち上がったモノが見える。

「真面目に言ってる。さっきも言ったが、俺は今まで適当に生きてきた。何にも執着なんかしなかったし、死なないから生きてるだけだった。不満はないが意味もない。でも俺が死んだら困る人間がいるなら、そのために生きられる。生きてる意味を感じる。だから隼人は俺に溺れて、俺がいなくなったら死にたくなるくらいになって欲しい。この気持ちを愛だと言っている」

愛……。俺が生きる意味になるって、いなくなったら死にたくなれって、どういう考えなんだよ。

愛撫に耐えるのに必死で、彼の言ってることが正しいかどうかの判断がつかない。

正しいとは思えない。

なのに心のどこかで嬉しいと感じている。わかる、とも思っている。

一人で、他の人となるべく係わらないように生きてきた。子供の頃は忙しくて、大人になってからは自分に害を為す人が、自分の周囲にも害を為さないとは限らないから。

だから、愛情といえば母親からのものだけだった。

自分を必要としてくれるのも、母親だけだった。

シンが俺を必要だと言ってくれると、自分がここにいる意味を感じる。彼も同じことを思っているのかもしれないと思うと言葉が理解できる。

……でもそれとこれとは別だ！

「あっ！」

彼の手が引き抜かれ、背中から押さえ付けられ俯《うつぶ》せに倒される。

膝に残ったズボンの上に彼が座るから、脚が押さえ込まれる。

「俺のこと考えて。俺に何をされるのか、感じてるのは誰のせいなのか」

尻を撫でられる。

嫌な予感しかしなかった。

セックスの経験がなくても、男同士で何をするのかぐらいは知っている。

「待って……！　それはダメですっ！」

彼の動く気配。

でも振り向けないから何をしているのかわからない。

「シンさんっ、お願いです」

「大丈夫、気持ちよくしかしないから」

「気持ちよくなんかならなくていいです」

「痛くても平気？」

「そういう意味じゃなくて！」

上体を反らして起き上がろうとすると、肩甲骨の間に置いた手が押さえ付ける。

「道具を使って快感を与えてもいいんだけど、初めてじゃ嫌だろうし、初めてはやっぱり俺自身がしたいから」

道具って、何言ってるんだこの人は！

尻に、液体が零される。

「ひっ」

割れ目を伝って流れてゆく。

それを指で塗り広げながら、彼の指が尻の孔に触れた。

「シンさんっ！」

指が弄りながら中に潜《もぐ》り込もうとしている。

俺はぎゅっと力を入れて孔を閉じた。

でも指は強引に中に入り込む。こじ開けようとして蠢《うごめ》くのがわかる。快感はなかったが、むずむずした。ここで抵抗を止めたら、指以上のものが入ってくる。そう思うと力を込めるのを止められなかった。

その時、重みで押さえられていた脚がふいに軽くなった。

シンが身体を浮かせて俺に重なってきたのだ。

彼も上半身裸だから、背中に肌を直接感じる。

「お前の悩みはみんな取り去ってやる」

「殺人はダメです……」

「わかってる。俺は仕事は辞めないが、隼人が人の死の原因になるようなことはしない。俺が勝手に殺ってもきっとお前は気に病むだろう。それくらいにはお前を理解している」

会話している最中も指は動き、大分中に入ってきた気がする。

「だがお前の悩みをそのままにしておくと隼人の全てが手に入らない。俺といても、きっとそのことを気にしてしまうだろう。それは嫌だ」

こんな時にどうしてそんな話をするかな。

「約束する。命を賭けてもいい。だから忘れてしまえ、何もかも」

そういうことか。

「……アッ！」

グイッと指が深く差し込まれる。異物感から逃れるために腰が上がる。

シンは俺の隣に横になり、肩にキスしながら指を動かし続けた。

ズボンが残っていなければ、逃げることができるのに、脱げかけのズボンが拘束具となっている。

それでも動こうとすると、指が激しく動いた。

「あ……っ、いっ……」

「俺の指、気持ちいい？」

よくない。よくないはずなのに……。

「あ……、あ……。やだ……」

ずっと続けられているうちに変な気分になってしまう。

指を咥えた場所が、熱くて、ヒクヒクと動いてしまう。

「ン……」

何も考えられない。

意識の全てが指の動きに集中する。

どうしたら自分の身体の中で勝手に動くものを排除できるのか、それが与える感覚に抗えるのか。さっき零した液体は何か悪いクスリだったんじゃないだろうか。そのせいでこんな風に感じてしまうんじゃないだろうか。

「ふ……っ。シンさ……、もうやめ……。お願い……」

「もうちょっと我慢して」

もうちょっとっていつまで？　俺が射精するところを見たいの？　だったらさっさとイッてしまった方がいいのか？

でも後ろに指を入れられているだけではイクことはできない。身悶《みもだ》えるほどの疼きは感じても、絶頂には至らない。

ただ辛いだけだ。

「もういいか」

彼が、指を引き抜いた。

冷たくなった濡れタオルで指を咥えさせられていた場所を拭うと、改めてぬるりとした指が侵入し、中で少し動いてから出ていった。

「痛くないように弛緩ローションを使ったけど、効き目はあまりないかもね。麻酔薬が入ってるようなのは効き目は強いけど後で辛いし。でももう俺が我慢できないから」

指が抜けたので、俺はその場から逃げ出そうと足掻いた。

けれど肘《ひじ》の裏を取るように押し上げられ、身動きが取れなくなる。動こうとすると関節が痛むのだ。これは、殺し屋の技？

「やだ……」

当たる。

「や……」

彼が俺の腰を抱いて尻を浮かせ、彼の上に座らせる。

彼を宛てがわれたまま。

「や…ぁ……っ」

呼吸をする度ソコも開くのか少しずつ呑み込まされる。逃げようとする身体はがっちりと彼に抱き締められていた。

自重でずるずると落ちてゆくから、無理に突っ込まれるより痛みは少なかった。彼の言うローションのせいかもしれない。

その後に塗られたゲルのようなもののせいかも。

「あ……」

塊《かたまり》の異物を呑《の》み込んだという感覚を与えられると、彼は俺の前に触れた。

「後ろだけじゃイケないだろ？」

さっきから物足りなさを感じていた身体が手の動きに応える。

俺と繋がったまま、シンは前のめりに倒れた。

ベッドにぶつからないように手を伸ばし、身体を支えようとしたが腕立て伏せに失敗したように顔から突っ伏してしまった。

異物はまだ侵入を続けている。

彼の性器だというのはわかっていた。それがどこまでもどこまでも侵入してくる。

指なんかの比ではない。

「い……っ、う……っ」

繋がったまま身体が揺れる。シンが突き上げてきてるんだ。入口は痛むけれど、中はただ押し広げられるだけで痛みはない。

それがマズイ。

奥を責められ、前を握られ、全ての感覚が快感へ繋がってゆく。

どれが気持ちいいんだかわからないけど、男として前を握られているというのは逃れられない性的興奮だった。

呼吸が苦しい。鼻だけでは足りなくて口で呼吸するから口を閉じることができなくて唾液が零れる。それを拭うこともできないまま彼に突き上げられる。

突然前を放棄して彼は睾丸《こうがん》と彼を咥えている場所の間に指を這《は》わせた。

「ああ……っ！」

今までとは違う快感が全身に広がる。

性器だけで感じる快感とも、そのせいでぞわぞわしていた感覚とも違う。

「やぁ……っ！　あ……っ、そこだめぇ……っ！」

前に触れられてないのに、ゾクゾクする。彼を咥えているということより指の方に意識が集中する。

「だめぇ……っ！」

そして俺は彼を咥えたまま、二度目の射精をしてしまった。

さっきのように、出したらすっきりしたという感覚はない。彼がまだ中にいるから、まだ疼くような焦燥《しょうそう》感が残っている。

ぐったりとしているのに、細かな痺《しび》れに肩が震える。

身体のあちこちが痙攣している。

なのに彼は俺の耳元で優しく囁《ささや》いた。

「まだ、だよ。俺がイッてないだろ？　大丈夫、我慢できずに乱暴にするなんてことはしないから」

そしてシンはまた動き始めた。

彼の望み通り、俺の頭の中をシンだけでいっぱいにするために……。

「や…ぁぁ……っ」

シンが果てた時には、俺はもう何もできなかった。

彼は俺の中で射精はしなかったが、マーキングするように背中に振り撒《ま》いたというのに、それを拭うこともできなかった。

シンがイクまでに何度もイかされてしまって、どこにも力が入らなかったのだ。

そんな俺を、彼は抱き上げてバスルームへ運んだ。

人形のように脱力している俺の身体を丁寧に洗って、抱きながら湯船に浸《つ》かって、性行為をしたのとは別の部屋のベッドに横たえた。

唇を重ねるだけのキス。

裸のまま、包むように抱き締められて一緒に横たわる。

「お前の荷物はここに運ぶようにすぐ手配しよう。俺は数日出掛けるから、ここで留守番を頼む」

「……仕事？」

その言葉を聞いてようやく口が動いた。

「違う。だが重要なことだ」

「……俺に本当のこと言うわけないよね」

「言うさ。止められはしないが、訊かれたことには応えてやろう。でも今回はサプライズだからナイショ」

「サプライズ？　俺に？」

「食事は冷蔵庫に沢山詰まってる。半月ぐらいは一歩も出ずにここで暮らせるくらいある。ああ、そうだ。俺がいない間に業者が来るのは嫌だから、荷物は一旦トランクルームに預けるがいいか？」

「……ん」

手が、優しく髪を撫でる。

さっきあんなに酷くされたのに、温もりが心地よい。

大切にされている気がする。

「眠っていいよ。もう悪いコトは何もしないから。俺は君に嘘はつかないだろ？」

「『君』は嫌だ……」

「ん？」

「『お前』でいい。それがシンの呼び方だから……」

「最近の女の子は男に『お前』って呼ばれると怒るらしいよ？」

「相手によりけりでしょう。俺は……、お前のが近い気がする……」

風呂を使ったせいか、もう終わりと言われたからか、眠くなってくる。

俺はこの人を愛してるんだろうか?

わからないけど、彼が本気で俺を求めてるのはわかった。

俺なんか抱いたって、何も面白いことはないだろう。俺はマグロ状態だったし、彼に何もしてやれなかった。なのにシンは言った通り最後まで乱暴にはしなかった。

風呂に入れてくれた時も、もういやらしいことはしなかった。赤ちゃんを洗うように扱ってくれた。

今も全裸で抱き合ってるのに何もしない。

彼の言葉が真実なら、俺は彼にとっての生きる意味だから大切にしたいのだろう。セックスは性欲というよりマーキングとか、俺を自分のものにするための儀式だったのかもしれない。

……それにしては凄かったけど。

「眠っていい。起きた時もここにいる」

殺人の現場を見て殺し屋だとわかった時より、今の方が怖い。

彼を優しいと思ってしまうのが怖い。

本当に、彼に依存してしまいそうなのが怖い。

その果てに、彼がいなくなってしまったらと想像するのが怖い。

怖いのに……、俺は彼に手を回し、胸に顔を埋めて眠ってしまった。

そこがとても居心地がよかったので。


目が覚めた時、彼はちゃんと隣にいた。

もう起きていたのに、俺が目を覚ますまで待っていたのだろう。

朝食をベッドまで運んできて、二人で一緒に食べた。

甘やかされている。

新しい下着と、大きいだろうがと言ってシルクのパジャマも持ってきた。

「金目のものだけ、先に持ってこよう。何か必要なものがあったら言ってくれ」

と言って、動けない俺の代わりに荷物を取りに行ってくれた。

彼に部屋に入られるのはちょっと嫌だったが、本当に一歩も動けなかったので仕方がない。

彼が出掛けてから、トイレに行くのだって這いずって行ったくらいだ。

シンはよく俺を一人で残して行ったな、部屋を探られるとは思わなかったのだろうか、と考えたが、この有り様では心配なんか必要なかっただろう。

殺し屋って、もっと殺伐としたものだと思ってた。

いつも警戒して、俺の後ろに立つなとか言うものだと。

でも考えたら、そんな態度だったら『俺、殺し屋です』と言ってるようなものだから、彼の態度が正解なのかもしれない。

戻ってきた彼と昼食を摂って、また眠って、起きたらホームシアターで映画を観て、夕飯を食べながら酒を飲んで眠った。

彼の腕の中で。

翌日、やっと起きれるようになると、昨日買ってきたという新しい服を与えられ、今寝ている部屋を俺の部屋にしようと言われた。

シンと同居するつもりはなかったのだが、あのアパートは出なければならないから受け入れるしかない。

ここは4LDKだけれど、LDK五十二畳、彼の寝室は十畳、俺に与えられたのは九畳、その他に十八畳と九畳の部屋があるらしい。

俺の与えられた部屋にもウォークインクローゼットが付いていて、他の部屋にもあるそうなので、総平米数は幾つになるんだか……。

怖いから考えないことにした。

そして午前中シンは絶対入っちゃダメという奥の部屋、多分そこが十八畳の部屋だろう、に入ったまま出て来なかった。

その翌日は朝から髪をオールバックにして眼鏡をかけ、スーツ姿になっていた。

いつもと違う格好に、ちょっとドキッとする。

その格好でキスを迫られると、別人みたいで恥ずかしかった。

いや、そもそもシンにキスされるのがおかしいんだけど。

「じゃ、二、三日留守にするけど、寂しかったら連絡はしてきていいよ」

「仕事じゃないんですよね？」

「違う」

もう一度問いかけると、彼はきっぱり否定してくれた。

だから黙って送り出した。

シンのマンションは、彼の存在が消えると俺には広過ぎて寂しい。

寂しくて、彼に早く戻ってきて欲しいと思ってしまう。

ああ、もう依存が始まってる。

ひょっとしてこうなることを狙って出掛けたのかな。いや、サプライズって言ってたから違うだろう。

あのエリートサラリーマンみたいな格好と俺へのサプライズがどう繋がるのか、全くわからない。

身体の痛みもあったけれど、外に出るのが怖くて俺はシンが戻ってくるまで部屋で過ごした。

部屋の中をうろうろして、彼の気配をたどって、不在を再認識してじっと蹲《うずくま》る。留守番の猫みたいに。

彼だけが、俺の苦しみを知っていて、理解してくれている。彼だけが、俺に手を差し伸べてくれている。

彼にだけ俺は自分が『辛かった』と言える。

今、世界中で頼れる人間はシンしかいないのだ……。

これからどうやって身を守るかを考えるより、シンのことばかり考えている自分を自《じ》嘲《ちょう》した。もう彼で頭がいっぱいじゃないか、と。

彼だけが、自分の問題には係わらない人間だと思った時から、俺は無自覚に彼に傾いていたのだろう。

甘やかされて、本気で抱かれて、僅かに残っていた警戒心が崩れてゆく。

彼は人殺しだと思っても、自分の義母でさえそうだったじゃないかと頭の隅で囁く声がする。

彼を好きにならない理由を探さないと。

この気持ちに『好き』以外の言葉を当て嵌めないと。

愛されてると思っちゃダメだ。愛したいと思ってもいけない。彼が殺し屋なら正体がバレたくないはず。トラブルに巻き込まれることは迷惑だろう。

引っ越し先が決まったらここを出て行かなくては。

そう自分に言い聞かせ続け三日が過ぎ、彼は戻ってきた。

必要だからと言って、俺に新しい靴やスーツを買って。

その意味を知るのは、それから更に三日後だった。


その日、俺はブランド物のスーツを着せられ、上から下まで整えられた。

シンは先日出掛けた時と同じくオールバックに眼鏡だ。

「……その格好、何?」

「弁護士。おっと、バッジをつけるのを忘れてた」

絶対弁護士資格なんか持っていないだろうに、彼はヒマワリに天秤の弁護士バッジを取り出してスーツの襟に付けた。

「身体はもう大丈夫か?」

「……もう平気です」

訊かれると思い出してしまうので顔が赤くなる。

「俺の役割は何なんです？　変なことをさせるつもりじゃないでしょうね？」

「日高隼人だ。役割なんてないさ」

「こんな格好の日高隼人を連れて、どこへ行くんです？」

「エクセリアホテル」

「それって、都心の一流ホテルじゃないですか。あ、そこに行くから正装？」

「それもあるが、舐められないように、だ」

「舐められる？　誰に？」

「平柳厚子《あつこ》」

その名前を聞いただけで、身体が固まった。

それは父の正妻、俺を殺そうとした人間だ。

「一瞬にして隼人にそんな顔をさせられるとは、憎いね」

シンは俺を抱き寄せて額にキスした。

「ど……うして彼女と」

「全てを終わりにするためだ」

「終わりにする？」

「約束しただろう？　お前の悩みは消してやるって。俺のことだけを考えさせるためには、問題は排除しないと」

「でも……」

「その前にもう一度だけ訊いておくけど、隼人は金も平柳の家との関係もいらないね？」

「当然です。そんなもの……」

いらないどころか考えたくもない。

「ＯＫ、ＯＫ。それじゃ全てを俺に任せて。あ、実印持ってけよ」

俺の反応を見て、彼は満足げに頷いた。

わけがわからない。

どうして俺が平柳の正妻と会わなければならないのだろう。シンが一緒ならば襲われる心配はないだろうが、不安は不安だ。

促され部屋を出て、彼の車ではなくタクシーに乗ってホテルへ向かう。

緊張していた。

新品のブランドスーツを纏っているから、シンがいつもと違う様相をしているから、久々にマンションの外に出たから。

何より、これから向かう先に、自分を殺そうとした女性が待っているから。

どうして彼が平柳厚子と知り合ったのだろう。

考えているうちに、タクシーは目的地に到着した。

エクセリアホテルは数年前に出来た外資のホテルで、外観は緑の木々に囲まれた白いビルにしか見えない。

だが彼について中に入ると、美しい内装の豪華なロビーだった。

視覚的効果を狙っているのかもというくらいのギャップだ。

「ああ、言い忘れた。俺がいいと言うまで何も喋るな。小芝居をするが、隼人なら付いてこられるだろう？」

「小芝居？」

「笑うなよ」

シンは悪戯《いたずら》っぽくウインクした。

シンプルだが高級感のあるロビーを通り過ぎ、その一角にあるレストランに向かう。

入口を入るとすぐに黒服が出て来た。

「いらっしゃいませ」

「予約していた敷島《しきしま》です」

「かしこまりました。お連れ様はご到着なさっております。どうぞ」

お連れ様というのが平柳厚子だろう。

息苦しいほどドキドキする。

大丈夫だシンがいる。シンが俺に悪いことはしないはずだ。

でもし、シンが彼女に雇われていたら？　何もかもが仕組まれていて、俺を彼女に引き合わせるための計画だとしたら？

一瞬過《よぎ》ったその考えを俺は否定した。

彼と出会ったのは偶然だし、襲われた時にも彼は助けてくれた。一般人からは仕事を受けないとも言っていた。

もし彼が向こう側の人間なら、俺を抱いた時の気遣いは必要なかっただろう。

俺は、シンを信用してる。

「こちらでございます」

案内の黒服が止まり、扉を開ける。

個室の中には老齢の女性と男性が並んで座っていた。

「どうぞごゆっくり」

シンは迷わず中に入ると女性の前に座った。俺もそれを見て彼の隣に座る。

女性はきっちりと結い上げた白い髪にべっ甲の櫛《くし》を挿し、紫色の着物を着こなした気強そうな顔立ち。彼女が平柳厚子だろう。

だが同席している男性は平柳武史ではあるまい。彼は瀕死で入院中のはずだ。それに彼にしてはまだ若い。見た目は老人というより中年ぐらいに見える。

「いやぁ、渋滞に捕まりまして、少し遅れてしまいました。申し訳ない」

渋滞になどハマってないのにそう言うということは、約束の時間に遅刻しているのだろう。だから目の前の二人は渋面なのか。

「弁護士先生にしてはルーズな方ですこと」

女性が厭味《いやみ》を口にした。

「そこは謝罪いたしましょう。すみませんでした。さて、早速お話の方に移りたいのですが、よろしいですか？」

「食事はどうなさるの」

「空腹でいらっしゃいますか？　それならば食後でも。ですが、話は既に決まっていると思います。食事の前に終わらせれば、私達はすぐに退席しましょう。私達がいない方が、奥様は美味しくお食事ができるのでは？」

シンの言葉に平柳夫人は顔を歪《ゆが》めた。

「奥様、後は私が」

隣にいた男が引き取る形で相手を替わる。

「まず自己紹介からいたしましょう。私は弁護士の市川《いちかわ》と申します」

言いながら男は名刺をテーブルの上に置いた。

「私は弁護士の敷島です。が、名刺交換は止めておきましょう。お互い後腐れのない方がよいでしょうから」

言われて市川弁護士は名刺を引っ込めた。

「こちらは平柳厚子様です。そちらが日高隼人さんですね？」

挨拶ぐらいはしていいだろうと、頷いて挨拶する。

「初めまして、日高隼人です」

その途端、平柳夫人の顔が大きく歪んだ。

俺を見る目つきが怖い。

「さて、ご当人同士がお話しになると感情的に色々と問題がありそうですから、私と市川先生の間でサクッと済ませてしまいましょう。よろしいですね？」

「奥様？」

「いいでしょう。話したくもありません」

にべもなく言い捨てて、彼女は唇を引き結んだ。

「では、平柳厚子氏は日高隼人さんに対して度重なる嫌がらせを行った上、生命を脅《おびや》かした。これはお認めになりますね？」

「言いがかりですな。どこにそのような証拠が」

「では証拠を出しましょう」

シンは持っていたブリーフケースをテーブルの上に載せて開けると、中からボイスレコーダーを取り出してスイッチを入れた。

『平柳様です。平柳厚子様から、日高をクビにしろと命じられて……。本当です』

怯えた様子の男の声。

ひょっとして、シンが脅して言わせてる？

「音声は裁判の証拠として認められないのはご存じでは？」

「もちろんです。けれど裁判に持ち込む理由にはなります。裁判でこの音声が流れれば平柳家の外聞《がいぶん》が悪いのでは？」

「訴えても棄却されるだけでしょうな」

訴えるなら家庭裁判所か地方裁判所だ。その程度なら掌握済みということか。

「ふむ、案外図太い。素直に認めてくだされればこの程度でよかったのに。ではこれはどうです？　磯島東司《いそじまとうじ》の署名入りの書類です。ああ、これはコピーですからお持ちになってもよろしいですよ」

次にシンが出したのは一枚の書類だった。

「非合法組織、ま、有り体に言えば地元ヤクザの組長さんですね。彼が五百万で日高隼人の殺人を受けた、と証言しています」

「バカな」

市川弁護士は慌てて書類を取り上げると、隣にいる平柳夫人と一緒にそれに目を落とした。

「こんなのは嘘よ！　所詮ヤクザなんだから、いくらだって嘘はつけるわ！」

「奥様、話は私が」

夫人が興奮すると、市川弁護士が諫《いさ》めた。

「直筆の署名のある告白書です。裁判でも認められるでしょう。日高くんは実際殺されてはいないのですから証言しても磯島氏は大した罪には問われない。ヤクザなんか信用しちゃいけませんよ」

シンはにこにこと笑っていた。

相手がヤクザなら、今度こそ本当に彼が脅したのだろう。ヤクザの親分というなら、彼が『本物だ』とわかるはずだ。殺されるよりは軽い罪を認めた方がいいと判断したに違いない。

でもいつの間にこんなものを。

……あのいなくなった三日間か。サプライズとはこのことか。

「私共はもちろん裁判など起こしたいとは思っておりません。ただ提示したこちらの条件を呑んでいただけなければこの様な方法も取れる、というだけです」

目の前の二人は、もう何も言わなかった。

「平柳厚子氏の所業をお認めになったということで話を先に進めましょう。平柳厚子氏は平柳武史氏が非嫡出子である日高隼人くんを跡継ぎにしようとしていることを知って、彼を排除するために色々と画策した。平柳氏がいよいよ危なくなり、日高くんに跡継ぎにするという直筆の手紙を送ったことでそちらにあるような最後の手段に出た」

ここに至って、シンがこの一件を弁護士としてカタを付けようとしているのだとわかった。だが目の前にいる平柳夫人の様子を見ていると、カタが付けられるとは思えない。

「日高くんが一度認知されているので、残念ながら親子の関係を帳消しにはできません。分籍しても親子関係は消えないものですしね。ですからそこは我慢していただきましょう。その代わり、先日市川先生にお送りした手紙の内容を受け入れてくだされば、財産放棄の書類にサインさせましょう」

財産放棄？

「本当にあれに書かれていた内容でよろしいのですかな？」

訊いたのは市川弁護士だ。

平柳夫人はまただんまりになってしまった。

「彼は金銭に不自由はしておりませんし、あなた方の妨害がなければ順調に良好な生活を手にすることができるでしょう。それに一億という金額は、あなた方にとっては端金《はしたがね》、一般的には財産放棄するのに十分な額と思いますが？」

一億？　一億円？

「奥様」

市川弁護士は夫人の様子を窺った。

平柳夫人は苦虫を嚙み潰したような顔をしたが「いいでしょう」と答えた。

「では書類の確認を」

また別の書類を取り出し、二人に見せる。

彼等はそこに何かが隠されているのではないかというように何度も書類を読み返した。

やがて夫人が頷くと、市川弁護士が書類を返す。

受け取ったシンが、それを俺に渡した。

「私が作成しました。問題なければ一番下にサインと実印を」

初めて見る書類。

そこには俺が平柳家から生前贈与として一億円を受け取る代わりに財産相続の全ての権利を放棄すると書かれていた。

以後平柳家が俺に連絡を取らないことを条件に平柳家との関係を口外することもしない。

だがもし平柳家から何らかの妨害があった時にはこの誓約を破棄して平柳武史の息子としての権利分の財産を請求し、その請求期限が切れた場合はこの誓約書の不履行により同額の財産を請求する。

簡単に言うと、一億円もらったら、戸籍上はどうにもならないが実際にはもう俺は平柳家とは無関係になれるということだ。

一億円は銀行振り込みになっているので、金銭の授受の時にも顔を合わせなくて済む。

そこに書かれていた口座が俺の銀行口座なのは驚いたが、シンがアパートに荷物を取りに行ってくれた時に見たのだろう。

「問題は？」

シンに訊かれて、俺は首を振った。

「何も」

一億円だっていらないくらいだが、きっとそれは平柳家への安心材料とするためだろう。何も受け取らなかったら、何時かまた求めに来るのではと疑われないために。

二枚ある書類にサインして判子を押す。

それを相手に渡すと、夫人がもう一度書類を読み直してからサインして判子を押した。

一枚は市川弁護士が引き取り、もう一枚がシンに戻される。

「平柳氏は現在大変危険な状態にありますが、面会を希望なされますか？」

弁護士に訊かれて、俺は首を振った。

「俺は今、その書類にサインしました。平柳の家とは関係ないと認めたんです。いいえ、そもそも俺にとって平柳武史という人は関係のない人です。母は、亡くなる寸前まで俺の父親のことについては話してくれませんでした。俺の養育費と学費として纏まったお金をいただいたことには感謝しますが、母の大切な時間を奪った慰謝料でもあったと思います。

亡くなった母の最後の言葉は『普通に幸せに』でした。平柳の息子としての権利を主張しろではありません、そちらとの揉め事に関与せず普通の生活を望んでいたのだと思います。ですからこれで全て終わりにしてください。ここを出た瞬間から、俺は平柳の家のことは忘れます」

平柳夫人が、俺の言葉を受け入れたかどうかはわからない。

けれど言いたいことは言えた。

「わかりました。では訃報も送らなくてよい、ということでよろしいですね？」

「はい」

情のない人間だと思われるかもしれない。

でも一度も会ったことがなく、優しかった母親を蹂躙《じゅうりん》した男になど会いたくないというのは本心だ。たとえ『父親』という続柄であったとしても。

「では、私もこの件については全て忘れることにします。市川先生も、敷島などという弁護士は知らない、会ったこともない、でよろしいですね？」

「平柳氏が亡くなられた時の財産放棄の書類はどうしますか？」

「財産放棄の申述書と住民票、戸籍謄本等ですね？　それは私から近日中にそちらへ送りましょう。もちろん、放棄が決定したからといって行動を起こした場合は磯島氏の告白書を使わせていただくのでお忘れなきよう。有罪にならなくても、地元のヤクザがそんなことを言うようなことをしていた、というのは名士である平柳家のスキャンダルになるのだ、ということも」

シンの言葉に、また夫人は顔を歪めた。

「さて、日高くん。我々はもう退席しましょう。お互いこのメンツでの食事は美味しくないでしょうから」

返事をする前にシンが立ち上がる。

俺も、続いて立ち上がったが、席を離れる前に平柳夫人に向かって言った。

「正直、俺は平柳武史さんが嫌いです。その人が母とあなたを苦しめたのだと思うので」

人を殺そうと思うほど、目の前の女性もまた追い詰められたのだ。それが金のためだったとしても。武史氏が何もしなければ、普通の生活を送ってきたであろう女の人が、憎しみや欲に捕らわれることもなかっただろう。

「失礼します」

彼女と弁護士に頭を下げ、俺はシンと一緒に部屋を出た。

ホテルを出るまではお芝居が続いているのだろうと思って、無言のまま彼の真後ろを歩く。

「敷島さんの部屋、お食事を運んでください。二人分になりますが、請求すれば四人分支払うでしょう」

出口のところでシンが店員にそう言って、俺達は店を出た。

これで本当に終わった。

俺の長かった苦しみは消えたのだ。

何もかも、全てが……。


真っすぐマンションに戻ると、部屋に入った途端シンは髪を崩して眼鏡を外した。

「ああ、面倒だった」

奥に進みながらネクタイを緩め、ドサリとリビングのソファに腰を下ろす。

「あのボイスレコーダーの声は誰なんです?」

「お前が最初に勤めた会社の人事部長」

会ったことのない人だ。

「脅したんですね?」

「弁護士を名乗って不当解雇で裁判にする、と言ったらベラベラ喋ったよ。上までは話が通っていなかったらしくて、上に報告されたら困ると思ったんだろうな」

「磯島というヤクザの組長は?」

「お前を襲った連中の免許書や名刺は見ておいた。そこから辿れば組はすぐにわかる。そっちは『俺』がちょっと脅したらすぐにお願いを叶えてくれた」

やっぱり。

「出掛けていた三日間はこのことで動いていたんですか？」

「ああ。凄いだろう？　殺さなくても問題は解決できる」

「ええ、凄いです」

まだ立ったままでいる俺に、彼が目を向ける。

「座らないのか？　ひょっとして一億じゃ足りなかった？」

「いいえ、一円ももらいたくないくらいです。でも欲に駆られた人が相手だと無欲は疑われると思ったんでしょう？」

「隼人は察しもいいし頭も回るな」

「弁護士資格、持ってるんですか？」

「まさか」

笑い飛ばした後、彼が急に真顔になる。

「カタがついたから、俺は用済みか？」

その顔は、問題の解決は自分達の関係の終わりではないことを示していた。問題が終わるまでの同情で力を貸していたわけではない、ということだ。

「いいえ。でもまずはお礼を言わせてください。今回はありがとうございます」

礼を言ったのに、彼の表情は変わらない。

「それで?」

「俺はこの一件に関して、あなたにお礼をするべきだと思います。あなたがいなければ問題はこんなに綺麗に片付かなかった。何か欲しいものはありますか? 貰った一億円をそのままシンさんに渡してもいいですよ?」

「いらない」

「では何が?」

どんどん不機嫌になってゆく彼の表情が嬉しい。

礼などいらない。無償でやったことだ、と言ってるみたいで。

「それなら、ここに住め。他のどこにも行くな」

「それだけでいいですか?」

「俺のものになれ」

「それは断ります」

「何故」

「俺は自分を取引の材料にはしません。俺は俺のものです」

答えると、彼はふーっと長く息を吐いた。

「らしい答えだな」

そして両手を上げ、降参のポーズをとった。

「わかった。礼は同居だけでいい。他に何もいらない。金もどんな品物も俺には必要ないからな」

「では、俺がここに住むことであなたへのお礼にします」

そう言ってから、俺は彼に近づき、隣に座った。

ただ座るというには近すぎる距離に。

少し緊張するけれど、もう認めてもいいだろう。

「隼人？」

「今ので、俺の問題は全て終わりです。あなたへのお礼も含めて。それでいいですね？」

「ああ……」

「だからここからは俺の自由な意志です」

自分からキスなどしたことがなかったから、少し背の高い彼に突撃するように顔を近づけて唇を合わせる。

キスというより『ぶつかった』というような一瞬の口づけ。

「隼人？」

「お礼は済んでますから、これは感謝の気持ちではありません」

さっきまで不機嫌だった顔がにやりと笑う。

「それじゃ何だ？」

「シンさんにキスしたいからキスしたんです」

「どうしてキスしたい？」

彼の腕がそっと俺の背に回り抱き寄せる。

「あなたが好きだから……、だと思います」

「不確定だな」

「優しくされたから、頼らせてくれたから、好意を持ってるだけかもしれない。まだ俺は愛してると言えるほどあなたの全てを知らない。でも、自分の前にいるあなたがいなくなったら寂しいと思います」

顔が近い。

でももう俺は逃げなかった。

「一人が寂しいから、あなたを求めてるだけかもしれません。でも俺はあなたが人を殺すことは知っています。それでも逃げたいとは思えなくなってしまった。あなたが俺を殺すなら、それもいいとも思ってます。こんなに誰かを求める気持ちを抱けて幸せだと思うから、満足してる。あなたの正体を別にすれば、人を好きになって嬉しいという『普通の幸せ』が手に入ったんですから」

近づいてくれた人と一緒に過ごす時間もないから、心を向ける相手はいなかった。問題が起こってからは人を遠ざけなければと思っていた。

でもシンは強いから、近づいても大丈夫な人だった。俺が逃げても、追ってきてくれる人だった。

彼は好きになってもいい人だった。だから閉ざしていた心が傾いたのかもしれない。

「俺はあなたが俺を求めると言ってくれた言葉を信じます。こんなあやふやな気持ちのままですけど、俺があなたを求めていると、一緒にいたいと言っても信じてくれますか？」

この言葉を、お礼と思われることだけはしたくなかった。

中途半端であっても、『好き』という気持ちは真実だったから『お礼』が終わってから言いたかったのだ。

「これが最初の一歩でもいい。俺だって、自分の存在意義を求めて隼人を求めてるだけかもしれない。だが、『恋』だの『愛』だのにどんな定義が必要だ？　本人が恋だといえばそれでいいだろう？」

優しいキス。

「愛してる、と言ってみろ。その言葉を信じてやる」

「まだハードル高いです」

「言ってみろ」

催促するようにもう一度キスされる。

「……愛して……ます……」

乞《こ》われるままにそう口にすると、ぶわっと心の中に何かが溢れてきた。

その言葉をこの人には言っていいのだ。自分にはそう言える相手がいるのだ。俺はもう『独り』じゃないのだという喜びが。

「ん……」

頭を抱えるように引き寄せられて合わせる唇。

自分から唇を開いて彼の舌を招き入れ、自分の腕を彼の身体に回す。

俺にはシンがいる。

シンしかいない。彼以外を求める気持ちには、もうならないだろう。俺はそんなに器用ではないから。

彼の犯罪を許したわけじゃない。絶対にいけないことだと思う。でもまだ俺は彼の生きざまに口を出す立場ではない。煩《うるさ》く言って嫌われることの方が怖くなっている。

今はただ、シンが生きてくれるように。

俺が生きていくために。

彼と一緒にいたい。

「腹は減ってる?」

「いいえ、まだそんなには」

「じゃ、二回目にチャレンジだ」

「二回目？」

「セックス」

シンはにやっと笑って俺を押し倒した。

「ちょっと待ってください。それはまだ覚悟が……！」

慌てて彼を手で押さえたが、それが無意味なのはわかっていた。彼の方が力が強いのだから。

「もう逃げられることを恐れないで好きに抱けるな」

そして、そんな言葉に『逃げられるのを怖がってくれていたのか』と喜んでしまっている自分がいたから。

「せめて風呂に入ってからにしてください！」

抵抗とは呼べないそんな言葉しか、もう口にできなかった……。

あとがき

皆様初めまして、もしくはお久し振りでございます。火崎勇です。

この度は『今宵殺し屋とキスを』をお手にとっていただき、ありがとうございます。

イラストの黒田屑様、すてきなイラストありがとうございます。担当のS様、色々とありがとうございました。

さて、今回のお話、いかがでしたでしょうか？（ここからネタバレアリです）

普通のサラリーマンである日高が偶然殺し屋シンの殺人現場を見てしまったことから始まる奇妙な関係。でも日高も実は普通のサラリーマンではなかった、というお話。

シンは、最初『オトモダチ』発言で面白いヤツと思って日高に接していたのですが、彼がこの平穏な日本で『死と殺人』という感覚を知っているとわかって興味を持ち、殺し屋の自分にも臆さない彼にのめりこんでいくんですね。

なので、現時点ではシンの方が日高にゾッコンです。

これから、二人はどうなるのでしょうか？

日高はシンのマンションにお引っ越しで同居。そこで暮らしてゆく間にだんだんと恋人らしくなってゆく……、ではつまらないので、トラブルは適度に起こって欲しい。

たとえば、日高が新しく勤めた会社で天涯孤独と知って彼に優しくしてくれる先輩に迫られる。シンとの恋愛は秘密なのですがそれがバレて男がＯＫならあんな胡散臭い男ではなく自分を選べと言われ、それを知ったシンと先輩が争うとか。殺し屋の件は伏せての恋愛ドラマですね。

やっぱり殺し屋色が強い方がよければ、シンの同業者が日高の存在に気づき、ちょっかい出す。いい人だったら、シンの過去の彼氏とか彼女とかの話をしてイジメる程度でしょうが、悪い人だとシンの弱点と思って日高を狙う。

シンは殺し屋を辞めてはいないので、そうなると戦いは熾烈かも。で、そのうちその悪い人が本気で日高に惚れてしまうとか。

いずれにしても、日高とシンはちゃんと全てを理解して恋人になったのですから、最後は絶対ハッピーエンドでしょう（笑）。

ちなみに、シンがどこの国の出身かは決めていませんが、国籍は日本です。

さて、それではそろそろ時間となりました。またの会う日を楽しみに、皆様どうぞ御機嫌好う。

火崎勇先生、黒田屑先生へのお便り、
本作品に関するご意見、ご感想などは
〒101-8405
東京都千代田区神田三崎町2-18-11
二見書房　シャレード文庫
「今宵殺し屋とキスを」係まで。

本作品は書き下ろしです

CHARADE BUNKO

今《こ》宵《よい》殺《ころ》し屋《や》とキスを

2022年6月20日　初版発行

【著者】火崎勇《ひざきゆう》

【発行所】株式会社二見書房
東京都千代田区神田三崎町2-18-11
電話　03(3515)2311［営業］
　　　03(3515)2314［編集］
振替　00170-4-2639
【印刷】株式会社 堀内印刷所
【製本】株式会社 村上製本所

落丁・乱丁本はお取り替えいたします。
定価は、カバーに表示してあります。

ISBN978-4-576-22075-8

https://charade.futami.co.jp/